灵魂另一种舞蹈

时子诗选（2000—2020）

时东兵　著

同济大学出版社
TONGJI UNIVERSITY PRESS

上海·2020

图书在版编目（CIP）数据

灵魂另一种舞蹈 / 时东兵著. -- 上海 ：同济大学出版社，2020.12

ISBN 978-7-5608-9646-5

Ⅰ. ①灵… Ⅱ. ①时… Ⅲ. ①诗集－中国－当代 Ⅳ. ① I227

中国版本图书馆 CIP 数据核字 (2020) 第 259534 号

灵魂另一种舞蹈

时东兵 著

出 品 人　华春荣
责任编辑　张　翠　　责任校对　徐春莲　　装帧设计　潘向蓁
出版发行　同济大学出版社 www.tongjipress.com.cn
地　　址　上海市四平路 1239 号　邮编 200092　电话 021-65985622
经　　销　全国新华书店
印　　刷　常熟市华顺印刷有限公司
开　　本　710mm×1000mm　1/16
印　　张　17.5
字　　数　350 000
版　　次　2020 年 12 月第 1 版　2020 年 12 月第 1 次印刷
书　　号　ISBN 978-7-5608-9646-5
定　　价　68.00 元

目录

卷一　念天地之悠悠

抗疫系列

城市系列

致诗人系列

卷三　疑是银河落心海

卷四　时间另一种发生

卷一　念天地之悠悠

相册

无国籍的月亮

又见炊烟升起
村庄不倒的旗帜
召唤他乡的游子
故乡流淌在血液里
青春早早地流浪
无国籍的月亮
被所有乡愁牵挂

家乡扎进记忆深处
一根刺隐隐作痛
一生不能拔去
一片铺开的田野
恭顺的老牛
年迈的老人
守护故土的兄弟
老牛牵着老人
踩着夕阳回家

日月起起落落
一种自然的轮回
不断翻阅的线装书
一把梯子倚在墙角
岁月一格格往上攀

太阳预卜我们的前程

太阳和月亮把地球
分成两个黑白天地
人却把地球
分成东方和西方世界
谁会放弃黎明
听月亮重复呻吟
千年褪色的忧伤

鹰飞在高处
守护辽阔的原野
水中的月亮留给水鸟去啄食
留给树上的喜鹊做梦去吧
不能搏击长空
胸中装不下草原
岂能配得上雄鹰称号

鱼顺河者昌
鸟因林而唱
而人却活得沉重
斤斤计较得失
太阳预卜我们的前程
岁月依然年轻
人类更是青春

念天地之悠悠

通往月亮的路上
一棵棵树影子悠长
一卷卷经书挂在
民谣枝头　摇晃
用所有的情怀拥抱
即将逝去的村庄
扩张的城市必须学会
和千年的乡村和睦相处

尝试着和寒风对话
增强骨骼的钙化
蝼蚁般的人群　如何
走出冷酷的冬天
一滴露水眺望春天
一群鸟已出发　飞往
桃花盛开的地方

一张宣纸腾挪山河
一转眼轻舟过了万重山
冬日寻觅春花踪迹
远方先人的故乡
来者念天地之悠悠
游子独怆然而涕下

一阵阵雨后的风

一阵阵雨后的风
掀开秋一张清爽的脸
一个个凉爽的日子
和树一样的安逸
秋日分娩果实
一把弯月的镰刀
巡视成熟的田野

清风紧随着清风
一片清平世界
犁开板结的头脑
呼吸轻松自由
无需过滤的天空
如镜子般透明　映出
人的肮脏灵魂

邪风顶撞着邪风
雷鸣电闪肆虐
进一步是蜀
退一步是陇
进有据　退有度
不能乱了方寸
远方来的鸟雀不知趣
挑衅守土有责的树林

眺望依山尽的白日

北边一条黄河
南边一条长江
一群各地的候鸟
在不同的方言天空飞翔
韵脚平平仄仄
跋涉千难万险

指尖划过沧桑
弦上世道冷暖
是谁把热泪点点
落在抒情的高音上
长弦与情丝纠缠
人生漫长的时光

布谷鸟啼鸣
唤醒酣睡的林子
繁茂的大树明白
功名微不足道
站在诗的海边
眺望依山尽的白日
小河水满　大海浩瀚
多少烟雨朝代
在笛管丝弦中灰飞烟灭

一阵雨诠释一朵云

拥抱一颗诗心
和溅泪的花交心
同恨别的鸟互动
白云不再空悠悠
绝妙的风景动静自如
一幅幅精彩的特写
恰到好处融入远景

瀑布轰动了一座山
鸟鸣叫醒了一片林
一阵雨诠释一朵云
浪花奋不顾身
奔向辽阔的大海
打开诗的翅膀
飞向落九天的银河

雨把田野漂染成
深深浅浅的画布
眨眼间　水滴了千万年
沧海桑田巨变
风景是岁月的化妆师
美丽是风景的代言人

听佛音禅语

如何走出浮躁的夏天
平复急火攻心的人群
瓦罐古老　炉火新鲜
慢慢熬一剂传统药方
几枚淡竹叶清肺去火
古老枯树　野菊呼应
可否左手修禅　右手修道
能否佛心和道骨毗邻而居

爱阳光下的泥土
和泥土下的种子
那是生命的归宿
一弯月亮失去理性
灵魂迷失在沉沉夜晚
点燃一支焦虑
慢慢化为灰烬

听佛音禅语
丢弃忧伤情绪
远离污泥浊水
孤独如灯　精神飞翔
诗的墓志铭立在
阴阳的通道上

为山水量体裁衣

天空无比宽容
云朵如此坦然
千山安静　万花结果
不是占有的拥有
拥有整个天下
手握一支如椽大笔
为山水量体裁衣

群鸟志在高飞
翅膀高过云朵
层层山峦阻挡不住
小溪流向大海的决心
每一条红尘波纹
荡漾一颗不安的心
不是到达的抵达
抵达无人可及的彼岸

触碰小草纯净的心跳
离朴素和真实更近一些
贴着泥土的梦想
收获芳香的四季
得失在呼吸之间
一切化作缕缕炊烟

说不完的风花雪月

描不尽的江山如画
说不完的风花雪月
冷静地看着落日下山
那白帝城两岸
啼不住的猿声
穿越风雨朝代

一场雨洗蓝了天空
浣白了一片云朵
漂染了一条彩带
在此岸和彼岸之间
灵魂和身体都在路上
哗哗流动的声音
抚慰抑郁的心

和一场秋风相遇
和大地一起收获
年年岁岁风调雨顺
岁岁年年五谷丰登
行走在诗行看花苞
一片一片地打开
一首诗的尾句　落在
冉冉升起的黎明

日子缓缓地画着圆

一弯新月似横卧的问号
问尽人间悲欢离合
人生有很多谜底
没有唯一答案
只有终极目标
在另一个世界
风轮轻转　风水轮回
日子缓缓地画着圆

面朝黄土背朝天
一寸良田一寸汗
一串串开放的梨花
一条条长长的波浪
一片片新翻泥土的清香
一层层肥沃的土壤
芝麻开花节节高

一轮圆月照千年
黄土地　黑土地　红土地
面朝大山　四季花开
黄皮肤黑头发一颗红心
心胸宽广的人
拥有整个天空

麦子不忘初心

麦穗和蝴蝶以不同方式
在各自的高度演绎生命
麻雀别无他求
小草陪伴足矣
被狂风吹倒的树
没有卑躬屈膝
彰显着尊严

麦子不忘初心
齐刷刷的金黄麦浪
从远古的田野
一路铺展到今天
镰刀割不尽
饱满的乡愁
多少离别眼含泪光

麦子牢记使命
以针尖的锋芒
回应风雨的打击
从容拔节　积极抽穗
快乐扬花　谨慎灌浆
和孟浩然一起
把酒话桑麻

归巢的鸟在守望

静下心来细听
每一滴雨的足音
韵脚长短都不同
如每一朵鲜花
模样和芳香各异
岁月推动着年轮
不徐不疾中树已长大

浮华遮盖太多的隐痛
欲望蠢蠢欲动
多少次割伤柔软的心
一条小虫从乡村
千辛万苦蠕动到城市
遭到飞速的轮子碾压
生命如此脆弱
又何必作无谓的牺牲

人们为了生存
选择了站立或者匍匐
决不丢失人的尊严
太阳落下去时
大树在默默送行
归巢的鸟在守望

一只有诗意的虫

流浪的云朵不小心跌落
打搅了宁静的池塘
风雨中的石头
沉默就是力量
躁动的人为何不能
学静静修炼的树
长满幸福的果实

不被人知的小鸟
振翅在黎明时分
又在荆棘林中受伤
早醒的人沐浴着
启明星的光芒
此刻诗神巡视在
我精神饱满的诗行

一只有诗意的虫
拱破泥土伸出了头
东张西望看着大千世界
在诗行里不断蠕动
想象着天上的虹
海上的层层浪花
别样情怀写春秋

扶持美丽是一种风流

听风声传情
荷花静静地开
蛙声此起彼伏
问世间情为何物
看园中绿肥红瘦
贵妃醉酒　西施浣纱
风流溢满酒樽

河边夏梦进入尾声
一棵树在和星星调情
丝弦唱和　高山流水
每一滴雨播洒入心的诗意
每一阵风传播入耳的诗行
坚守曾经的约定
不忘化茧成蝶

一道精致的屏风
国色天香翩翩起舞
青藤需要篱笆或竹竿
扶持美丽是一种风流
月光多次抚慰
不可割舍的爱恋
在黎明到来前
和一场梦吻别

天上另一种围城

左翅携着风雨
右翅披着霞光
旅途上的我
和飞翔的云朵一起
追随远方赶集的花朵
不断接近艺术源头
千金散尽何足惜

心依恋的地方
最深入地抵达
掌上十座小山
任风雨洗刷
一寸光阴　一寸隐痛
痛在丢失的悔恨中
丝丝缕缕的刻痕

石头有飞翔的欲望
成为一颗闪耀的星
星星有回归大地的念想
天上另一种围城
其实低处的幸福
最朴素实在的享受
千万里飞行最终回故乡

清醒的石头宠辱不惊

如果可以融入历史深处
相信我能游回《诗经》
和诗人畅谈一路风尘
一声幽州台上惊天长啸
一枚诗骨傲然屹立
惊醒了沉睡千年的眼睛
前不见古人　后不见来者
诗的天空刮起了刚健的风

清醒的石头宠辱不惊
任凭巨浪滔天
何惧水滴石穿
尝人间烟火　看人世百态
露珠一滴　清荷一朵
来也自由　去也潇洒
天子感叹不如我

如何知晓哪一滴雨
是快乐或是抑郁
怎样分清哪一阵风
是正义或是邪恶
以云的舒展规划人生
以山的淡定直面尘世

一种简单的快乐

一朵莲花开出旭日
开出灿若星辰的天空
那赏荷的美人
走着走着就成了
一朵高挑的荷花
几只不识相的水禽嬉戏着
打破了一方宁静

池塘游动的鱼
滋润了我的日子
干涸已久的灵感
立刻灵动起来
赏荷塘月色
失散乡野的萤火虫
纷纷飞入我的诗行

一方广袤无垠的水面
顺流而下是远方
逆流而上是故乡
一片丰腴肥美的水草
一个霞光满天的黎明
宁静中放松自己
一种简单的快乐

真理就在那儿!

雨一程　风一路
听滴水洞穿石阶的光阴
左一脚踩醒月亮
右一脚踏响阳光
跳着美的舞步
当周山上眺望
雨后草原涨满绿色

天空如此宽容
云朵这般坦荡
转动一粒粒念珠
渐渐离尘世远了
小草从不张扬
匍匐着　每一次轮回
都是不一样的春秋

鲜花最怕孤独
有绿草和鸟鸣相伴
童话有相同的归宿
在天真烂漫的童心
诗人从不会说
我说的就是真理
因为真理就在那儿!

云的抒情方式

诗人把头顶上的夜空
谱写成璀璨的星空
双眸俯瞰人间大地
从伤口流出的血
从石头里吐出的芽
诗是有温度的生命
云的抒情方式
畅快淋漓的倾述

淡定的月亮为我停留
和我一起沉思
共同在黑暗里摸索
城市在梦中拔节
灯火赶赴一场约会
情人解开了红尘的风衣
苹果不是等待一把刀
而是一个品尝的人

从打开门始
路便遥远了
路人越来越拥挤
乡村越来越远去
不见了道德的地平线
历经苦难的人
最懂得幸福

修复一些记忆

曾努力修复一些记忆
却增添了额外痛苦
本该长出庄稼的土地
年年收获饱满的幸福
如今却挤满了厂房
招来一张张冷漠的脸
不久又大片地荒凉

不管有多少道弯
人生走不了回头路
月下一池莲花
一壶酒浅醉今生
清醒比微醺更叫人郁闷
一只　两只　更多的鸟
栖息在遮风挡雨的树上

一个优雅的背影
一颗淡定的心
脱离低级趣味的人
站在时间门外
倾听内心　望着星空
多少春去秋来的日子
花落花开都在杜甫诗篇

让心灵清爽一下

自以为身手敏捷
时间却总是跑在前面
童年随瓢虫飞远了
只留下黑点省略号
阳光在云隙间
伸出长长的根系
紧紧地拴住了我们

太阳炙烤着大地
雪山依旧耀眼的白
如此冰火两重天
在夏季高原的餐桌上
我点了一场雪
让尘世干净起来
心灵清爽一下

石头从不发誓言
历经万年初心不变
聚是一座山
散是一条河
聚散皆是风景
流水潺潺不止
却忘了从何而来

遍地都是石头

一粒粒种子渴望幸福
一丝丝阳光雨露
一缕缕来去无影的风
吹来痛苦或快乐
遍地石头可以取火
为何煞费苦心觅宝石

仰慕月亮的孤独
可望不可及的境界
石头用亿万年塑造自己
见证着沧海桑田
武则天不敢在石碑上刻字
被点燃的旷野
喧嚣过后一片废墟

很多吹捧起来的星
其实就是普通的石头
铆足了劲的弹弓
妄图射落夜空的星
结果折断了自己
遍地都是石头
越沉默，越有力量

道路已在慢慢苏醒

浪涛从万里海疆出发
铺展一条海上丝绸之路
奋进的舵手迎来浪花拥抱
空洞的掌声引起喧嚣
一堆乱码深藏
不可告人的阴谋
一缕缕清风传递着
来自家乡的讯息

夏日夜空的星星
射向天穹滚烫的子弹
大象足音持重
从容不迫应对挑战
石头有足够的意志不屈服
如何避免强压下四分五裂
不重复演练别人的台词
别忘记自己是谁

火毁灭着一切
为新生力量开辟大道
繁星渐渐融化在白昼
道路已在慢慢苏醒
古老的文明之光
足以抵御失信和霸凌

中国给了我一颗心脏！

黎明把星辰推到天边
拉开宏大演出的帷幕
如椽大笔饱蘸江水
峨冠博带　衣裙漫飞
狂草人间桑田沧海
怀沙抱恨　拍天裂岸
挥之不去的忧愤
镌刻在石头上
沉默大地获得新生

中国给了我一颗心脏
还给你晴朗的笑容
撑起一片白云蓝天
岁月的羊毫抒写
长江黄河两副对联
最亮眼的横批是人心
功名超载的小舟
经不起狂风巨浪冲击

河流有足够的决心奔腾向前
又如何避免九曲十八弯
古老的机杼没有断
历史却断断续续
为何漫漶了光阴？

谁知行行诗，字字皆辛苦

夏日如火天空在燃烧
心在躁动　火烧火燎
时间不顾一切向前
从不挽留任何人
顺势而动漫天繁星
头枕星光　怀抱月色
银河的 VIP 游客

历经风雨的诗行
种植在旅途中
长满了岁月的青苔
记录着脚印的方向
笔下酣畅淋漓地流淌
谁知行行诗
字字皆辛苦

时光剪成无数碎片
梦也随风越飘越远
诗魂行吟泽畔
离源头已久远
诗变得很陌生
用诗点燃烟花的引信
让暗淡的日子生辉

春天欠一朵花情

多高的山能顶起
辽阔无边的天
多大的海能包容
深不可测的心
多长的河流能回溯
祖先一路走来的旅途
无数次被黑夜吞噬
始终不改初衷

虎迹藏匿森林
不忘蓄锐养精
鹰痕隐遁悬崖
只为厚积薄发
向阳的葵花也有
陷入黑暗的时候
初心不变相信明天
太阳一定会升起来

一块石头伏虎
一方砚池唤鱼
经历过的往事
比现实更温馨
春天欠一朵花情
待明春还我一片花海

守住岁月渡口

在群星的尽头
藏着银河的花园
施肥星星的残骸
枕着月亮无忧
向着太阳无悔
取一瓢夜空的星星
点缀意象的诗行

看森林悦动的绿
听林中小溪流动
生命原色生生不息
人在自然面前
不可言说的敬畏
守住岁月渡口
离散无数个自己

成熟的向日葵低着头
审视脚下的土地
像日渐成熟的女人
情愫越来越浓
一支永恒的伏笔
植入象征的诗行
露出万道霞光

本卷部分诗作在《文汇报》《光明日报》《组织人事报》《星星》《陕北文学》等报刊杂志发表。

抗疫系列

一场没有硝烟的战争

表情被口罩遮挡
身体被防护服裹紧
白衣天使那盏心灯
点亮了无数生命之光
勇敢面对病毒肆虐
一次次顽强地战斗在
没有硝烟的战场

我们同舟共济
冲刷污染的大地
把隐藏的新冠病毒
埋葬在末日深处
烈士的墓碑之下
我的一首抗疫诗
和你一起绽放
战地黄花分外香

多少发烫的灵魂
在隔离中冷静下来
一棵棵英雄树倒下了
年轮记录下这场祸灾
多少灵与肉的搏斗
奋力挽回乾坤朗朗

诗人已乘黄鹤来

涛声一阵紧似一阵
意志坚定胜过礁石
疫情就是命令
唤来阵阵雷电
对准新冠病毒
一击制胜　杀无赦
狭路相逢勇者胜

排着方阵唱响生命之歌
肃然起敬的蔗林
甘愿粉碎自己
奉献浓稠如血的甜汁
证明生命存在的价值
人生就要执着如斯
根植于生我养我的土地

诗人已乘黄鹤来
汉阳树　鹦鹉洲
踏着生命的节律
聆听春天走进心田
看枝头蓬勃的绿叶和花蕾
歇脚已久的步履
努力追赶着春光

民族不屈的灵魂

恶魔惊扰沉寂百年的
横行全球的流感
新冠肺炎肆虐各地
雷神山　火神山
不见硝烟却厮杀惨烈
一座山变成了战场
一座山站成了英雄
白衣战士的丰碑

英雄滋养的花朵
一朵铁血柔情
一朵坚贞红艳
画家调好了颜料
为雷神山着色
诗人押好了韵脚
为火神山赋诗

岁月匆忙的脚步
经受风雨洗礼
勇敢接受每一次挑战
坦然迎接每一个黎明
一个民族不屈的灵魂
引来全世界惊叹

方舱情谊万古长

面对挑战勇往直前
人生注定的命运
一个个走出火神山的生命
一个个雷神山澎湃的灵魂
天使的眼神凝重
不惧千山重重万水艰险
多少痛苦又怀着渴望的心
一次次笑盈盈返回春天

千里江水点点渔火
碧波万顷的希望
点亮大地万家灯火
千年不改的诗心
唤你魂兮归来
玫瑰战士的绚丽
绽放在抗疫路上

长江万里长
友谊情更长
方舱情谊万古长
风雨洗礼不褪色
长长的驰援队伍
如江水一浪高过一浪

铿锵玫瑰绽放

——献给三八妇女节

你是黑夜醒着的人
睁大眼睛关注着
每个呼吸微弱的生命
曲折又艰险的旅途
始终有白衣天使护航
你勇敢地来　坚定地去
铿锵玫瑰开在病房
散发天使无限魅力

只需一个眼神
我们都能读懂彼此
屏幕上真实感人的画面
你亲自送康复的人出方舱
深情地挥挥手　不舍说再见
你的音容笑貌珍藏在心里

飞鸟不忘张开翅膀
骏马不忘奋蹄疆场
用春天温暖的词
测量寒风离开的速度
门外的花草长势茂盛
伸手就够到了春天
天空写满我的抗疫诗行

生命从此郁郁葱葱……

——清明节，全国缅怀抗疫中牺牲的烈士和逝世的同胞

多少日夜的交替
多少期待的双眸
用博大的胸怀拥抱生命
你的名字如雷贯耳
你的心灵如云吉祥
群山回响　长河流泪
鸣笛呼唤烈士英魂

你坚毅的眼神
充满敢打必胜的信念
疲惫不堪的身姿
低沉沙哑的声音
一幕幕跪着抢救的举动
给病人增添了信心
多少奄奄一息的呼吸
生命从此郁郁葱葱

翅膀渴望飞翔
风帆期待远航
一万重江涛碧浪
彻底湮灭新冠病毒
白衣战士经受着
风雨不断的洗礼
不朽的精神永远活着！

抗疫系列诗共创作了五十二首，有诗发表在各地的日报和晚报上。并在上海作家协会举办的征文大赛中获得一等奖。

城市系列

城市扩张的脚步（之五十六）

越来越多的村庄
消失在视线之外
弹落的一双双眼睛
掉在一块块铜钱里
万物相生相克
人要学会克制

城市扩张的脚步
让村庄的心跳紊乱
一个个富含铁的青春
被巨大磁场吸走
长长的电线杆自以为
走进了冰冷的都市
其实一段段白日梦

候机楼伸出一串串诱饵
从天而降的飞鱼纷纷咬钩
一块脏兮兮的广告牌
弄脏了大厦的颜面
酒精浸泡的城市
跌倒在霓虹灯下
一堆乱石垒起的理论
最终假山被抛弃

失眠城市的夜路人（之五十七）

止不住欲望的神经
追赶尘世的风向
纵使一座山横亘在前
也挡不住城市扩张的脚步
一个陌生人行走　身后
跟着一只陌生的狗
信任不需要任何理由

纵横交错的街道
凌乱了焦虑的日子
沥青水泥　黑白两道
汇聚在一个交叉口
路灯撒下冷冷的光
多少夜路人一边前行
一边无声地疗伤

虚伪的人衣冠楚楚
却裹着一副臭皮囊
指纹清晰又模糊
命运千转百回
太阳手段足够多
变着七彩戏法
拒绝刺眼的强光
三棱镜还世界本来面目

城市野蛮生长（之五十八）

水泥丛林节节拔高
一种最粗糙方式
诠释城市野蛮生长
恬静的生活还能保持多久
城市真的听不懂
人们内心的呼唤

那扇僵硬的门
关不住诗的冲动
杜绝语言吐出的陈词
拒绝诗行溢出的滥情
刀锋滴出的是血性
锤击一首尖锐的诗

从现实回到历史
一直抵达先贤思想
面对透明玻璃
这个世界并不透明
高楼留下的阴影
遮挡阳光和心灵
无处不在的铜臭
熏到了多少寻梦人

逃离围城（之五十九）

城市血管堵塞加重
方向盘僵硬多时
不要痴迷于环城的道路
探寻通幽的小径
深藏着意外的风景
民国路上远去的旗袍
恋恋不舍的目光
追求新生活的背影

浮夸的日子飘起
一个个膨胀的自我
命运起伏不定
赶紧逃离围城
站在高处俯瞰
波浪涌动的森林
不要指望天上掉馅饼
只有太阳在你头顶

如何把一天天的日子
酿成一行行的诗篇
草地上一只只鸟
蹦蹦跳跳着告诉你
远方有世外桃源
祈祷好运降临

寻找自己的生存方式（之六十）

围在城市里的人
寻找自己的生存方式
看似透明的玻璃窗
阻断了小鸟自由飞翔
推开窗　顺着光
展开翅　扇动风
飞向自在的天空

为何夜晚这般黑
居心叵测的人制造
更黑的陷阱
坚硬的思想击打
一种古铜色的声音
昭示不屈的灵魂
窗外的风正在筹划
一场秋天的风暴

乌云制造阴影
阴谋惯用的伎俩
每一个沉思的人
无奈中丢失了个性
任凭岁月磨平了棱角
淹没在躁动的人群中

“城市系列”诗（一至五十五）发表在《文学报》《法制报》《草堂》《广西文学》等报刊杂志上。《城市广场》诗曾获第十九届文化杯全国鲁藜诗歌大赛奖项。

系列诗的创作仍在继续。

相册

森林系列

让梦放飞森林吧！（之五十六）

一株野草在黑夜深处
掀起一场风暴
风吹醒了一片森林
乌鸦再黑黑不过
沉沉夜的翅膀
树摇醒了鸟群
鸟叫醒了寺庙
菩萨点醒了人

太阳再亮亮不过
睿智的目光
用一生的经验悟出
小溪明白道路曲折
而前途无比辽阔
青山绿水好风光
清洗每一天好心情

背起行囊出发
比梦更近的桃花源
让梦放飞森林吧
尽情享受人生旅程

抒写万里江山（之五十七）

与一条小溪相遇　是否
听见远山森林的呼唤
舒卷天际的云
且行且吟且风流
古老的酥油灯闪烁
为珠峰上坚守的雪
写一首不朽的诗

如太阳爱大地
似雨露爱树林
像风一样不离不弃
月亮护佑每一个灵魂
为夜行人点亮一盏灯
仁慈的土地把所有人的
诞辰刻在了石碑上

俯视蝼蚁自觉伟岸
仰视高山又觉渺小
伟岸与渺小一念之间
月光不卑不亢播洒林子
心随花开　随风远去
逆锋起笔不露锋芒
尽情抒写万里江山

星光辨识山路（之五十八）

大山沉寂铺满森林
鸟儿咀嚼阳光碎片
石头藏着火种
在撞击中爆发
荒草萋萋的碑前
风找寻失踪的落叶
大树高高举起
民族的灵与肉

暮色缓缓下沉
残月迷失在峡谷
灯火闪烁的山村
星光不停眨着眼睛
辨识蜿蜒的山路
树林中的小红蚁
爬上我的手心

身陷尘世太久
如何清除肺腑浊气
紫堇抽出新叶
吐出山的心声
诗迎风而立
站成一棵迎客松

群山奔驰千里（之五十九）

森林绿色汹涌
扑不灭贪婪的火舌
一旦森林被点燃
文明毁于一旦
阴霾疯狂反扑
抹掉蓝天的记忆
天空在熊熊燃烧
如何平息太阳怒火？

被谎言压迫着
压榨成红色纸片
曾经空中自由的花朵
修炼成千年的琥珀
穿梭于前世和来生
萤火虫点亮自己
照亮轮回的路

道路越来越拥挤
目标越来越遥远
群山奔驰千里
白马跃在空中
狂野和自由
谁更任性？

多少清风菩提露（之六十）

森林储藏不同的鸟鸣
天空包容所有的鸟群
叫不出名的野花
从不违背绽放的诺言
春燕　夏荷　秋菊　冬雪
修饰了四季的生活
愈合了岁月的伤痛

朝阳或是晚霞
不同方向的景象
为一草一木着色
一只鸟衔来一首诗
我跋涉在山路上
月亮计算着高度
那一缕炊烟的尽头
是向往已久的桃花源

明月高悬苍穹
悄无声息不留痕迹
寺院矗在大山之上
庙宇藏在峡谷之中
香烛点燃多少慧语禅心
晨钟暮鼓多少清风菩提露

“森林系列”（一至五十五）陆续发表在《上海诗人》《青春》《中国诗人》《诗刊》《《绿风》《诗歌月刊》《星星》《中国诗词》等刊物上。并获得“雅集京华·诗会百家”全国首届百家诗会一等奖。

系列诗的创作还在继续。

卷二　高蹈世风之上

相册

SHANGHAI
ART
2013
(第十七届)
上海艺术博览会
SHANGHAI ART FAIR 2013
17 EDITION

灵魂另一种舞蹈

我眼睛里的光芒
和书上的亮点碰撞
闪烁思想的火花
无需太阳下空洞修辞
在黑夜点亮一盏灯
阅读时心灵闪闪发光
灵魂另一种舞蹈
与日月交替同辉

山海关的月儿
先天下之忧
夜夜守护来往的火车
以光速追赶一束光
以引力凝聚一股力
直面挑战　享受孤独
真正体验生命的意义

人生不过百年
屈子已活了千年
打开一本诗集
行云流水的诗行
凝聚清风的神韵
心和天上的星
息息相通一起闪亮

高蹈世风之上

灯点亮纵横交错的路
温暖了冰冷的城市
星星淹没在茫茫灯海
俄罗斯方块合群
失去自我个性
如何用高洁的松针
缝补人与人的裂痕

时光一碎再碎
碎成一地鸡毛
太阳和月亮达成交易
私自置换白天和黑夜
白与黑的较量
从此没有尽头
如何用今天的汗水
换来明天的收获

高蹈世风之上
满天星星涌上额头
山峰一直挺立
保持自己的高度
蓬勃向上的理由
太阳在上头

荡气回肠在天地间

灯光像花朵一样
一团团　一簇簇
在黑夜点燃
古人读万卷书
习惯上下打量
上通天宇下接地气
今人行万里路
潇洒中走马观花
却精算于左右逢源

月亮容颜衰退苍白
星星眼睛透出秘密
过往云烟沉浮的历史
众多生旦净末丑的角色
从台上纷纷跳到台下
世间怎一个“逗”字了得

一杯清茶一道彩虹
一盏美酒一缕星光
人生行囊装满
岁月积淀和变迁
伸张公平正义的气息
荡气回肠在天地间

新桃换旧符

——有感于日本公布新年号“令和”

一条大江一次次惊梦
一方水土一遍遍惊魂
在秦汉的风中
在唐宋的雨里
黄河之水天上来
从不甘居人下
沉浮月光的河流
沉淀多少往事

智慧穿透沉沉黑夜
阅读掀开黎明曙光
从丰富的和平
到吉祥的和谐
梅花终结了寒冷
万叶集开出了令和
前人走了后人跟上
总把新桃换旧符

树叶小心翼翼期待
太阳和影子对话
银杏为何能抵御核爆炸
阵阵狂风高谈阔论
远去了多少背影
一颗心收一收
一叶肺敛一敛
稳稳地抵达真理

令和：含美好而和平之意。

风雨历史

打开生命天窗
更高更远地绽放
地平线有多远
目标就有多远
阅读古典的月光
登上先秦开花的山岗
枕着高坡　听着涛声
清除内心的杂音

奔腾咆哮的壶口
过星宿海　跃龙羊峡
响着青藏高原的节拍
敲着陕北腰鼓的节奏
回眸风雨的历史
用深邃的思考
揭开初始的形态

黄河两岸每一株新绿
都指向明天的成熟
果实从一棵树落下
又在另一棵树上升起
一支响鞭高高扬起
牧羊人唱起了信天游

打开生活册页

雷霆轰隆隆地
划过静默的天空
唤醒了冬眠的生灵
篱笆墙那株牵牛花
一朵浅诵迎春诗
一朵静候北雁南归
拿什么可以维护
花朵和爱情

在遥远的青海湖
天鹅从天堂降落
人间惆怅客
湖中自在鱼
向前走的人别忘了地形
涉水的人更是如此
用什么可以留住
阳光和鸟鸣

打开生活的册页
不断修改人生
在和平的口腔里
常常咬痛舌头
深层次的诗歌表达
刻骨铭心的律动

天上无数思念的灯

哲学的视野阅不尽
无限变化的大地
隐藏在风景里
无穷多的秘密
不可以绝对的方式
对自然妄下结论
站在高山之巅
远眺未来的景象

人类一步步走向高处
看眼前的山水
倾听银河深处的回音
期待智慧的律动
星光若隐若现
激发无限的想象
不知何时何地
外星人摆下鸿门宴

魂灵在太空超度
岁月一去不返
人类没有回头路
世界渐渐成了老翁
点亮天上无数思念的灯

为子孙带来了什么?

通晓河流的经脉和走向
《诗经》从源头奔涌而来
穿过唐宋的高山
眼前一片开阔
自由诗风光无限
来来往往的风诠释着
岁月有声有色的含义

解读诗行的秘钥
在每个人的潜意识里
苍茫天地间总会有
一条小河抵达你的内心
追寻一条幸福的河流
流淌自由的灵魂
鼓点雄浑　龙舟竞渡
高扬一个民族的诗魂

在诗歌王国加冕
献上椰子可可车前草
玉米香蕉和山药
幸运的酋长一世
从曾经的光阴里走来
为子孙带来了什么?

毕竟东流去

回眸夕阳涂抹村庄
老井沉淀着往事
炉灶里的柴火
噼噼啪啪不断说着
人间烟火的故事
家乡的月亮陪伴我
走向海角天涯

鸟因树而留
船因水而行
脚步已走出很远
梦里始终在故乡
青山锁不住
毕竟东流去
朴素的风景养育我
山河流入我的诗行

大山沉默溪水代言
天空无言小鸟叽叽喳喳
石刻中的碑文
抵达灵魂深处
凡夫俗子的眼睛
只看到自家屋檐下
唯有圣人胸中装着天下

万里长城万里长

编钟敲醒青铜时代
竹简刻下历史胎记
没有年轮的稿纸
留不住诗的痕迹
枝叶生长的速度
不能代表花朵的品质
麦子和稻谷一代代
实现了土地的梦

羊毫饱蘸沉淀岁月
披麻皴　斧劈皴
劈出陡峭山峰
惊涛拍岸　大江东去
滚滚黄河长江
风流人物千古
笔墨卷起千堆雪
谁在三尺宣纸上
铺展万里江山锦绣

森林吹来清新的风
每棵树奋发向上
小鸟自由自在飞翔
万里长城万里长

无论顺风逆风

一条崖石夹缝
一段历史的门缝
挤着多少探秘者
一声声雷响起
闪电一次次划过
撕开沉沉夜幕
真相一个个大白

峭壁割开古往今来
河流连接风景深处
在风中行走
无论顺风逆风
不变脚尖的方向
马达加斯加岛在流浪
和人类一样不知去往何方

一叶挡不住月光
一手遮不住太阳
千年银杏被佛光轻抚
身躯挺直站成
滚滚尘世的标杆
叶子不停地思考着
预测瞬息万变的风向

我是太阳的儿子！

雨滴穿透春天
不断敲打泥土
流出记忆的芳香
石头长出青苔
草尖上晶莹的露珠
一双透明的眼睛
田埂曲线生动柔情
脚步有野花相伴

一把日月的剪刀裁出
每一个生命的意义
诗意落地生根
长成一棵棵大树
挺立在一片森林中
缤纷的诗歌代言
绿叶恰好表达了春

鸟的歌声在风中
无拘无束的形状
如怀素随性的狂草
林中储满了阳光
春风传递温暖
我是太阳的儿子
绝不背叛光明

沉重化为美丽的轻松

诗歌坚韧地穿透
城市坚硬冷漠的壳
乌云藏着闪电
木头藏着火焰
历经风雨的沉香
抵抗汹涌的铜臭
为何孤独的梵高
喜欢明亮的向日葵

大理石装点的大厦
多少人跌倒在奢华中
文字被文字冲撞
语言被语言抛弃
在高架路的拐角处
找寻丢失的灵魂

春风吹醒了野花
却吹不醒装睡的人
推刨不厌其烦
在一遍遍疼痛中
枯木绽开一卷卷花朵
沉重化为美丽的轻松
不可承受之重落下
一堆轻松的刨花

宁静致远

山上云雾泡入茶杯
绿茵茵的山便立在水中
山光水色　雨露精华
神农氏尝遍百草
把茶留给了人间
似草非草　似木非木
清新淡雅的诗飘散开来

枯燥无味的生活
因一杯茶而丰盈
往事泡满水中
泛舟湖上放牧自己
思绪袅袅升起
云很淡　风很轻
太阳也很贴心

黄昏沙滩金光烁烁
一串串深深浅浅的脚印
一行行浓浓淡淡的文字
动与静　虚与实
清淡如水的语言
因一首诗有了生命
宁静致远的人生

我相信……

悬崖边陡然挺立
孤傲松树的力量
风从高岭之上
奔向无垠的未来
无处不在的韵律
给了我最完美的想象
因为风，山水交融
我相信诗传播如风

孤独前行的人
卸掉所有身外之物
只带着灵魂轻装前行
在万物之上游走
又在万物之下沉静
因为仰望星空
我相信诗不寂寞

冬日渐行渐远
诗化成茫茫云烟
洱海迎春　木瓜花香
假花代表不了春天
污水映不出真相
树在春天还原绿色
人的本色究竟是什么？

花开的方向

花开的方向指示着
诗人能走多远
普罗旺斯的花魂
汲取泥土芬芳
鸟若隐若现
断断续续唱着歌
旅途曲折又漫长

一阵风卷过另一阵风
一群人晃过另一群人
通往梦想的路上
抖落一身风尘
风中散失的记忆
风可以找回来
不同的路线串起
不同人的命运

风有时太躁太狂
卷走青春渴望
举杯邀明月
开怀拥大地
尘世喧嚣依旧
如何使内心强大?

行吟在云锦上

——创作清荷水墨画有感

夏日任性地灼烤大地
不体谅人们的感受
田野都是拔节的声音
心生纯美的荷花
心境澄明和静流
童话般的仙境
顺手摘下璀璨的星星

诗意无限打开
沉睡已久的想象
宣纸上狂放的激情
赤金般的信念
扭曲的茎秆
支撑执着的花盘
为光明的太阳殉道

行吟在云锦上
鲜花斑斓　旋律悠扬
西子以月为镜
为谁消得人憔悴
斜风细雨　诗情画意
心中有佛
莲花处处盛开

连续参加了《荷塘云影》《梅院疏影》《唐文化之旅》等书画展，并在上海市教师节书画展上获奖。

大鸟胸怀天下

山有山的真理
山属于每一只鸟
水有水的哲学
水属于每一条鱼
哲人思考时光的刑期
诗人豁达全然不顾
我有我的路径
诗献给每一个人

一张纸如一场雪
白得让人惊喜
我情不自禁下笔
或者落脚　留下
属于自己的痕迹
却常常觉得生活和艺术
一样需要留白

世上有太多的路
进一步或者退一步
进之有理　退之有据
向左向右都有路
不要随风偏向左或右
诗意充入身体
新能量长出翅膀
如空中大鸟胸怀天下

人和鱼面临同一个问题

人和鱼面临同一个问题
如何突出重重污染的包围
鱼和人都被困在一张网中
受害的鱼不知如何挣脱
而人却是自作自受
世界是一场虚构
彼岸是人和鱼的归宿

空间六度开合
时间单向箭逝
时空纵横的魔力
幽深的镜头如黑洞
把摄进去的一切
变成了冰冷的数字
而琐碎的生活　却是
五颜六色的针头线脑

华而不实的白云
匆匆飘过头顶
时光煮沸了石头
向着天空宣誓　改变
这不公平的凹凸世界
感恩的抒情诗　又如何
拯救残缺的命运

窗外飘雪，窗内读帖

天空趋向远大
大地厚德载物
窗外飘落雪花纷纷
窗内读《快雪时晴帖》
在天空的砚台上
磨出东晋之风
看见一株株腊梅
灵魂飞升在余香中

星星如山花落进山谷
生灵参拜北斗星宿
每一颗漂泊的星
牵动地球村母亲的心
每一根小草积蓄着力量
奋力拱破冰天雪地

一场雪覆盖着城市
一切回归单纯自然
乘兴而行　走就走了
兴尽而返　回就回了
自我安慰中轮回
此岸张网　彼岸放生
人类恋恋不舍伊甸园
却忘记偷吃苹果的教训

杯中的明月太浅

幸运可遇不可求
银河奔流而下
溢满激情澎湃的心
一首诗写在腊梅盛开时
点燃冬日一片片雪
张开宇宙的声带
一遍遍朗诵天籁之音

思想登上顶峰
多少人在仰望
儿时常被举过头顶
摘月亮和星星
长大后只是摘到了
伸手可触的果实
杯中的明月还是太浅
心中乡愁却是很深

愉快的生活总觉太快
等待的日子总觉太慢
南来北往的脚印
此时都指向故乡
不问江湖事
待见有缘人

神灵沟通古今

人的欲望太多太重
地球超载已不能承受
张弓搭箭射向月亮背面
猜想遥远的月宫
住着各路神仙
能容天下难容之事
人类如何学会包容

天上人间弹指一挥间
雪花便和梅花亲吻
漫步在唐诗宋词
往返于水墨意境
尽情挥洒　疏可跑马
密不透风处浓淡相宜
神灵沟通古今

以冬雪为引子
煮酒赋诗勾兑乡愁
才下眉头　又上心头
一列开往春天的火车
准时出发　准点到达
三季积蓄的柔情
温暖了整个冬季

谁能阻止群星奔跑

花朵虚伪因此短暂
果实真诚所以饱满
世界为何钻进了钱眼
关税层层加码
砸掉脚上的镣铐
向前一步朝向未来
长空漫漫　银河浩荡
谁能阻止群星奔跑

风从来没有边界
人类为何斤斤计较
小草代表大地宣誓
坚守绿色和真理
梧桐已准备好
与寒冬对峙

水没有骨头
却能穿破岩石
云没有翅膀
却能飞遍海角天涯
山上的一朵云
牵来一群羊
瀑布旁　森林里
我的心空早已蔚蓝

一朵理想的云

岁月的脚步总是
快过我的心跳
我总是在奋力追赶
却慢过我的思乡情绪
曾经童年时的梦幻
田埂上摘一朵
五颜六色的小花

一盏黑夜里的煤油灯
一个懵懂少年的身影
在清爽的早晨出发
池塘里的青蛙
一唱三叹目送着我
一朵理想的白云
一路伴随着我远行

青春如鲜花绽放
不过转身之间
《未央歌》的校园梦
只有爱没有恨
只有美没有丑
与世隔绝的乌托邦
每一声叹息来自内心
每一次谢幕不由自己

高山流水觅知音……

高山伴着流水常青
河流奔向大海归宿
海上升起太阳
夕阳落在西山
万事万物轮回相联
沿着流动的大河走
大山在远方招手

风中滑翔的小鸟
从先秦伯牙山上飞来
远古传来天籁之音
令人费解的密码
不可证实也不可证伪
只能倾听不能弹奏
尘土不通音律
风无意卷起

窗外的远方
满眼是绿水青山
长与短的距离
深与浅的脚印
都在我的诗行里
诗在前方竖立着
不断前行的标志

乘着炊烟飞上云路

地上有迁徙
天上就有流星
风强烈好奇
穿梭在弯曲的天空
身在旅途，心在远方
抵达便可期待
无数次停留
为了下一次再出发

一往无前的脚步
毫不畏惧走过
一个又一个十字路口
淡看风云，吸纳天地精华
和灶王爷一起
乘着炊烟飞上云路
似神仙逍遥快活

天上有云，地上有河
额尔古纳河流淌着
马头琴的回音
开枝散叶的大自然
鸟鸣便有了佛性
佛深藏着大爱
一种大度的隐

远古的歌谣

风沙逼退炊烟
风尘掩埋历史
站在高坡上的陶罐
渐渐地风化
如血的残阳映在
粗线条的鲜卑岩画
叩问大地古老的谜底

月亮不变初心
始终围绕着地球
有灵魂的钟声
从沉寂中苏醒
梵音和朝阳一起播洒
一曲远古的歌谣
一条世上最长的哈达
格桑花献给格萨尔王

在喧嚣中磨练
在寂静中滋养
像蓝天一样舒展
似清风一样自由
如大海一样辽阔
把灵动的情思
交给诗歌传播四方

大道上

牛角不会顶向太阳
尖角刺破鬼蜮伎俩
蛀虫深藏不露
啄木鸟除害不止
道高一尺　魔高一丈
乌鸦从黑夜缝隙钻出
又岂能在白天隐藏

光明不止在高处
地底下蕴藏火的能量
歌舞升平　胭脂粉黛
一个个朝代灰飞烟灭
黄河咆哮　长江奔腾
祈祷清风和雨水
荡涤一切腐朽

扫一扫司马迁的墓
已被阉割的历史
任何有灵魂的人
不会卑躬屈膝
天子呼来不上船
赏月　吟诗　品酒
心境坦坦荡荡
走在阳光大道上

千里之外

冬日冷静的湖水
沉入柳叶的春梦
一半托付给黄鹂和白鹭
一半托付给明月和清风
随着飞鸟和溪水
寻找逍遥的庄子
河畔闲坐随手一拍
云朵便潜入水中

虫变草　草变虫
大自然的杰作
人变鬼　鬼变人
滚滚红尘的丑态
变来变去　逃不出
一双火眼金睛
虫鸣鸟啼　饮水思源
把风景还给风景

一朵小花开在千里之外
一个诗人走在时代之前
步态从容　内心强大
无论你情不情愿
世界将以自己的方式
忘记或者记住你

布衣暖，菜根香

月亮巡游夜空
揭示阴谋藏身处
顶在头上的星星
点亮黯淡躯体
窗帘总是隔绝光明
为人们遮挡阴暗心理
多少人彻夜无眠

暧昧的霓虹灯下
广告炫目招摇撞骗
用谎言缓解城市病痛
五光十色的广场
秋风扫过的落叶
在冬雪中彻底埋葬
肌体藏着寄生虫
又如何彻底清除？

远方群山藏着
影影绰绰的农舍
梦中世外桃源
布衣暖，菜根香
这诱人的村庄
诗书滋味长

向一粒粒稻麦致敬!

稻麦在田野站成了
一排排令人向往的诗
汗水开出幸福的花
一颗颗果实饱满
包裹着天地
包容了日月
向一粒粒稻麦致敬!

高亢的唢呐吹响
五千年文明的年轮
八百里秦川遗梦
土层下的陶罐与村落
踏实的老黄牛
不断耕耘着岁月
盘中餐粒粒皆辛苦

诗帮我们握住了岁月
握住了一切美好
饱满的思想如稻麦
成熟的金黄颜色
峰峦突兀 日月更替
我们借大山的海拔
不断提高了自己

提倡光盘行动，杜绝舌尖上的浪费。

酒·咖啡·茶

灵魂鄙视肮脏的肉体
痛苦郁闷随之而来
黑夜被白酒灌醉
天晃了　地摇了
黑白颠倒的世界
不是不想快乐
前提是麻醉自己

一杯苦涩的咖啡
慢慢品出深藏
生活中的真谛
从上弦喝到下弦
从月缺到圆月
教堂尖顶指向天空
仰望中精神获得提升

多少水井干涸
多少心灵枯萎
文人发现叶子趣味
泡成一壶风雅
袅袅在清香之上
一行行诗的云彩
天空暗藏无数黑洞
如何挣脱坠落的宿命

宇宙之王

无法回避真实的痛苦
不要陶醉虚拟的快乐
如石头一般坚强
保持着补天的姿态
坚硬的内心不容置疑
坐在石头上沉思
成为高山的峰顶

思想化为汁液　流淌
思无邪的千年诗行
像水一样抒情
或激情澎湃浪滔天
或平静如镜照白云
从一滴透明的水开始
爱上了这个世界

诗的根须深扎在
生生不息的土地
抵达真理内核
如抵近烈酒真味
抵近一诺千金的誓言
闪出刀锋与火焰
即使在果壳之中
依然梦想宇宙之王

如何握住命运

鸟雀不懂什么和声
唱着自然和谐音符
喜欢农村简单的生活
城市是一台复杂机器
运转一套繁琐程序
所有的人被束缚
人们常常练着合唱
却是面和心不和

丈量城市和乡村
三十年城东
三十年村西
农村一片广阔天地
鸡嘴鸭嘴不同
各发各的声
上苍从不干预

水塘喂养天空
享用无边的时光
流动的一寸光阴
握在手里的一寸金
玉米拔节　小麦灌浆
村里的姑娘在出嫁路上
如何握住命运
给予我们的一切

上苍点燃星星灯盏

秋虫在夜色中伴奏
果实迷失在晚秋
陷入深沉的思索
羔羊从不失眠
相信小草生生不息
上苍点燃星星灯盏
照亮所有的人

敲响青铜大钟
穿越风雨朝代
关节在嘎嘎作响
带着风　唱着歌
从半坡遗址走来
坚持不懈的愚公
挖走一座挡道的山

黑夜中的行路人
不惧电闪雷鸣
只为寻找光明
踏出血色晨曦
对太阳信仰
对种子信任
人类将走得更远

月亮护佑每一个人

借一双牧羊人的眼
一片绿油油的草原
山坡自由自在的羊群
阳光下干干净净
月亮下明明白白
此景此情此生别有意味
此地此时此外别无所求

阴阳在龙脉之上
背山而居　面水而开
香案上经年的烛火
映出一张张向善的脸
人人平等的权利
上苍叮嘱月亮执行
护佑路上每一个人

时光不老人易老
沧海横流　几度春秋
青春曼丽的乐章
不经意间划过
靓丽的音符飘远
秋虫开始合唱
唱起了秋风颂

本卷诗作部分曾在《人民日报》《解放日报》《翠苑》《满族文学》《滇池》等报刊杂志发表。并获得2018年“翰墨风华”全国诗书画大展赛一等奖。

相册

致诗人系列

我是时间的儿子！
（笔名时子的由来）

轻轻的我来了
诗也跟着来
来时一个正面形象
悄悄的我走了
把一首首诗留下
走时一个难忘的背影
我是时间的儿子

无风无雨对月吟诵
风雨交加吟诗前行
与时光干杯
醉在蹉跎的年代
与往事干杯
青春燃烧的岁月
云飘有迹 风过无痕
天宇万物而不盈

满园月色关不住
墙内墙外共婵娟
水墨渲染月光
诗意缓缓流淌
神说，人间要有诗
诗便传诵神州大地
诗人是神的代言人！

诗行无限风光

天空按着脚本演绎
风花雪月的剧情
初心不改 亿里迢迢
我的诗已被火星捕获
天问依然在回响
怀着一颗诗心
关心天下和人类

诗呵护着心灵
人们的守护神
我们用诗心相待
诗必不亏待我们
生活源源不断流淌着诗
季节更迭没有尽头
诗行却是无限风光

诗意隐于岭
想象跃于崖
浅潭自有千叶竞渡
深海迎来白帆远航
银河自然诗意浩荡
飞向神秘的远方 如何
避免坠落深不可测的黑洞

饮酒的诗人都会问月

遥远的星星赤裸着
距离产生了美
看不清云的背影
一滴雨 一滴泪
上苍的感叹号
雨中行走的人 能否
听懂自然的韵律

多少人仰望星空
好奇天上的风流韵事
期待星座带来好运
膜拜山的高度
雪迟迟不愿融化
一种安详的白
为何远离人间？

穿越云朵的丝绸
大地任我激情描绘
山水动情地牵着手
风景还是这边的好
饮酒的诗人都会问月
祈愿风调雨顺
奔波都有归处

举笔为旗　落纸为诗

听见一羽蝴蝶
在花蕊上轻微的鼾声
蚂蚁在花荫下等待机会
爱花无需理由
虽然已经凋谢
瓜熟蒂落　种子入土
生命一次次轮回

匍匐于无边大地
花有无尽的心事
却闭口不言
精神飞翔于天际
怀着一颗旷达诗心
即使生活琐碎
也能发现诗意

字典里搜不出诗情
僵硬在页码上的字
在诗行里复活
举笔为旗　落纸为诗
月亮紧赶慢赶
排版一个崭新的黎明
黑夜轰然崩塌

一位佩剑诗人

太阳从山坡上滚下去
铁塔依然矗立在那里
两根线放飞的高铁
渐渐地飞起来
挣扎中的绿皮火车
呻吟着远去
道路有无数选择
却没有片刻忧郁

旅途总有起起伏伏
道路总是曲曲折折
一山厚意　一水深情
远远近近的情谊
深深浅浅的脚印
一只甲壳虫迷茫中寻路
一棵棵小草破土而出
顽强地举起生命的旗帜

群山茂密的词典
石头雕成书的敦厚
一位佩剑诗人
如将军昂首登上城池
巡视豪迈的诗行
从此英雄不曹操

写诗是一种挑战

——答雨玲

太阳收敛了刺眼的光芒
年轻的海依然激情澎湃
迎接一个又一个高潮
泡沫过后归于沉寂
诱人的珍珠来自一场
不容置疑的进犯
美好往往出自痛苦

月亮稳重又安静
轻轻抚摸一山一水
充满后的感觉
只是一时痛快
此刻谎言肆无忌惮
一切都不设防
一层薄薄的纸焉能
裹住烈烈的火？

写诗是一种挑战
降服猛兽般的文字
诗不仅有鲤鱼的鳞片
凤凰展翅的羽毛
翱翔天空的远大志向
更有跳龙门的自信

上海电视台徐丽霞记者，应邀来我的“诗歌美学”课堂，作“诗与人生”的讲座。

如何触及诗核

清澈的小溪仄仄平平
仄仄平平永远在路上
如夜色中奔驰的群山
纷纷藏起了笔锋
一群匆忙赶路的人
在浅水低丘前止步

读山的历史不止在高度
还有深藏地下的岩浆
笔尖茫然无知
又如何触及诗核
把一句句诗行装订成册
再把一本本诗集传播开来
唐燕一字字咀嚼品味

诗情一直在勃发
诗境不停地再生
是大众狩猎的乡宴
是小众温情的花园派对
卸下累赘的形容词
用活动词　诗就活了
诗意和美就在眼前
多少双眼睛视而不见

诗香不怕巷子深

月光从童话里穿过
浸透了春的诗行
多少澎湃激情　倒出
一壶酒里的乾坤
诗香不怕巷子深
恰好遇见撑着油纸伞
丁香一样的姑娘

伞面落下雨点
阵阵悦耳的节奏
伞下两颗心砰砰直跳
枝头藏着花蕾
少女心中的秘密
谁家笛管吹响
吹皱月儿的心事

一束花影流泻
一卷水墨江南
在爱恋的词典里
充满理想的含义
鸟儿纷纷归爱巢
把葡萄酿成酒
品尝阳光的味道

诗是我乘风的帆

春风吹拂村庄
田野变得多彩
在叶子的正反面
碾过日月的年轮
黄土地是生命之根
慈母般不求回报
屋前的河流似情丝
牵动着游子的心

锚一次次惜别
帆一次次升起
船一次次出发
诗是我乘风的帆
引我去遥远的彼岸
风四处流浪
处处是故乡

一夜月光低吟
一种彻悟的心境
孤独倾听内心
与时间私密约会
月亮纯净的光
跃动在我的诗行

如何与一首诗相遇？

路上远行的人
有的关注人文风景
丰富了人生旅途
有的直达目的地
没有趣味　只有功利
人生薄得如一张纸
没有和大自然的交流
如何与一首诗相遇？

有人喜欢在高处说话
就有人从悬崖摔下
还是有人不停地向上爬
上头究竟有什么魔力
只有上去的人知道
一旦打开了欲望之门
野兽凶猛吞噬一切
只留下白骨一堆

枕芯裹着一生的梦
远行时带着足矣
手里念珠　心中有佛
山上站着一尊佛塔
一朵花此刻开放
一个人在此养心

以诗的名义

最人性的愿望
溶于滋养生命的水
近水从远山来
忆往昔峥嵘岁月
笔墨纠缠　情景交织
俞伯牙摔碎弦琴
高山流水难觅知音

风吹进寺庙禅院
空与不空尽在其中
悟与不悟全在乎心
人在风景中
心在烟雨外
像雨一样行善
浇灌不留痕迹

石头被流水冲刷
人生被日月历练
请毫无保留地
听从自然的召唤
手舞足蹈的青涩岁月
可以观　可以兴　可以怨
一颗心以诗的名义抒情

诗人如何面对？

如何进入藕的密室
在平仄的水声里
《诗经》里的雎鸠
迷失在功利的尘世
梁祝的蝴蝶
坠落在野花中
孤寂的草堂
如何被风肆虐
又为何千年不倒？

打开封存旧事
如陈坛老酒醉人
七个笔画的时
走进幽深的竹林
见潇洒七贤诗情豪迈
一个个把自己灌醉

描红不需要落日
滴落到白纸上的情
未必是一首诗
颠倒黑白的世界
诗人如何面对？

清晨，唤醒一首诗

荷花夏日开
芦花秋天白
风荷晨光沐银露
苇岸轩窗有暗香
白云一朵　清风二两
清心幽静的意境
鸟叫醒每一个早晨
我每天唤醒一首诗

草共享着大地
人共享着自然
河畔芦苇两相依
厚德载物的母亲
认得每根草的模样
野火烧不尽
葱茏铺满天际

蚕丝连绵穿梭岁月
鸟羽驮着落日
慢慢地归巢
摇曳在竹叶上
萤火虫在闪动
不朽的丰碑
屹立在芳草地

《诗经》在黄土地上展开

《诗经》在黄土地上展开
崇高而圣洁的起源
我们的母语渐渐
遗忘了故乡的天空
鸟儿飞过万水千山
却始终惦记故土
风静下来时
想着回到森林的家

远方的哈巴河
纯真得黎明一样安静
在隐秘的花园
夜莺和流萤说着
白桦林的秘密
把古老神奇的文字
塑造成陌生的诗模样

岁月在黄昏中走失
回忆青春的容颜
用一生的长宽
丈量浩瀚的书海
人背朝着历史远去
又重新走进历史深处

诗朝着远方走去……

黄河一路抗挣
冲向浩瀚的大海
前世渡河
与李白同船游
今生过桥
和杜甫话沧桑
诗朝着远方走去
我跟随在后

泰山在一首诗
指引下傲视苍穹
催生新一轮的太阳
手握着真理的人
常常湮没在人海
浪涛一次次地嘲弄
淫雨不断激起
大江大河的欲望
精神堤坝不堪一击

一朵孤独的流云
飘游在山谷之上
没有体温如何感受
天天都是好日子
又如何培育新诗成长
循着小草的路径
回到灵魂栖息地

笔尖从一首诗出发

当一片叶子落下
又如何阻止纷纷飘落
无可奈何叶落去
只待春风叶归来
笔尖从一首诗出发
不断走向另一首诗
没有最好只有更好

笔下飞动春去秋来
诗行韵脚万里关山
纷纷扬扬的落叶
铺向冬天的毯子
缥缈的梦一次次游走
抵达不知何处的远方
岁月静好　四季花开
精神矍铄山高水长

让阳光穿过身体
一个干干净净的自己
蘸着霞光虹霓
画风姿绰约的山水
再用流水的行草
题一首点睛的诗

风景是有声的诗

在行吟中思索
与万物为邻
黄河九曲十八弯
被驱逐出身体的灵魂
不知彼岸在何处
面对广袤无垠的山河
如何说出夕阳的感受

枯叶被寒风追赶
远方不可预知
攀上鸟飞绝的千山
诗的最高境界
风景是有声的诗
山山水水总关情

鸟飞在水面看清了自己
我在海上扬帆去了远方
两岸的群山目送着我
船头的浪花为我鼓掌
海燕飞在船舷
看准目标一击必中
船长目视远方
惊涛骇浪只等闲

被诗击中

沸腾的夏日烤制出
一盘成熟的秋天
犁花一遍遍开过的土地
栽瓜种豆　长出葱茏的庄稼
阳光下田野斑斓
月光下村庄宁静
夏夜最惬意的时候
风携着诗拥抱我

纯净中找回丢失的精神
一颗炽热的心
进入神秘和遥远之境
我的诗扎根在华夏大地
天空一直在注视着我
与思想无关的碎片
飞不到新的高度

空虚是一味迷幻剂
风雨人生叹苦短
一个定制的生日蛋糕
无法定制你的人生
诗以闪电的震撼
击中每一颗心灵

一颗心跳动在诗行里

提手旁拜祖师
走字底访仓颉
一个个活生生的汉字
一颗颗心跳动在诗行
一些些美好的意象
手舞之　足蹈之
太阳蹦上山顶光照乾坤

寄情于山山水水
读山读水读自然奥秘
登上精神高度
拓展人生长度
增加生活的宽度
诗便有了三维立体的面貌
诗人展现内心真实的风景

月光梳理着山河
灵魂沉浸在山水之间
流动的河流与时俱进
改变着向前的路径
风雨中破浪前行
为何刘希夷眼中的花
年年岁岁相似

诗如何走向明天？

江河之水回到天上
与云朵回合
石头为星星献诗
于是我无数次
吟着诗数着繁星
听见屈原李白的回音
众人说诗千言万语
诗人用心倾听

山上一棵松树
顶高了一片天空
一颗倔强的种子
向山顶攀登时
紫薇花在身后坠落
明天有一千种想法
而今天要做出选择

开门前提醒自己
每一次都有新发现
水无意带走了许多
石头般的信念坚守着
我和自己争论不休
关于诗如何走向明天

本系列诗部分曾在《中国文化报》《工人日报》《作家》《西部》等报刊杂志发表，曾获臧克家全国诗歌大赛奖项。

卷三　疑是银河落心海

相册

谁与苍天为敌?

鸟群是天空的朋友
雾霾是蓝天的敌人
没有谁与苍天为敌
即使折断了翅膀
飞翔是不灭的渴望
焰火燃尽　瞬间的光
污染一片夜空

没有雨的日子
照样有伞撑起
太阳霸道的本性
在夏天暴露无遗
趁着花打开时
揭开隐藏的秘密
剔骨的尖刀真能剔除
病态肌体所有腐肉?

乌云滚滚压过来
一场暴雨不可阻挡
邪风还在继续肆虐
麻木的人群各自躲避
柳条做着温柔的反抗
被折断的大树
宣誓不屈的精神

星光越走越远

风在欣赏梧桐
摇曳着身姿
点缀窗前风景
青黄更替的风水
在计算春秋
一股寺庙的檀香飘来
一枝荷叶高高地
把月亮举过头顶

天空善待每一双翅膀
穿越朝代的风烟
蚂蚁被风吹上山顶
没有高高在上的感觉
山上的鸟知道高度
和物理知识无关
人往往自高自大

天边星光越走越远
夕阳甩在身后
即使远方的风景
依旧在现实中
何时启动滚滚雷电
劈开重重雾霾
何时启用大唐明镜
映出水的力量

时间紧追着你

童年开出的绿皮火车
已追着夕阳远去
腕上的表已被丢弃
时间依然紧追着你
远处群山绵延
相接无尽的白云
万物融于美景

行驶在无缝铁轨上
高速平稳却没了节奏感
旅途中的人一脸茫然
一个处处意外的世界
让所有人心惊肉跳
意料之外 情理之中
感动人心的艺术

风吹过树林的沙沙声
说出了秋的惆怅
历经闪电雷霆
声带高亢后的沙哑声
耳廓无法分辨
高亢声中的杂音
沙哑声里的呐喊

命　运

白荷聆听舒爽的夏夜
沉吟的人远离浮躁
思想超脱浮尘
自有淡定的神韵
石头终于用心领悟
长出润润的青苔

一缕缕清风吹来
来无踪去无影
唯有树辨明方向
火烧云笼罩着
试图吓阻狂风暴雨
它将来得更加猛烈
风暴岂能被掌控？

星星高高在上
接受人们的仰望
厚德载物的地球
却被人们无情践踏
星球的命运
为何如此不同？

人生有无限可能性

看树影撩拨窗户
初恋般的动心
风一边解析着诗
一边播撒远方
一片朦胧的月光
无数模糊的影子

诗和读者思想共鸣
休戚与共的命运
快乐就像熟了的西瓜
轻轻一敲就乐开了
人生有无限可能性
面对绝望的情绪
酒精也无能为力
只能亢奋一时

纷纷扬扬的落英
砸痛了忧伤的记忆
城市匆忙醒来时
人流又堵在了路上
一年中最公平的日子
秋分把白天和黑夜
分得一样的长

谁又能看破滚滚红尘？

墙已破损留下痕迹
月已残缺不出声响
时光在悄悄流逝
草根行走尘世
向着天空呐喊
在雪的留白处
月的眼神别有新意
谁又能看破滚滚红尘

一次次触动的神经
一次次加剧的呼吸
又一次次擦亮眼睛
风雨中的腊梅
囚禁在小区内
美丽的囚徒
真实的剧目在上演

一棵棵大树亲近小草
传递着太阳正义的理念
从波卡斯特床上起来
你就拥有真实健康的自己
清清白白的日子
明明白白的人生

月亮醒了　太阳还在梦里

不要迷离沉醉在酒杯里
不要怨天尤人在哀叹中
月亮醒了　太阳还在梦里
不要以梦换得夜的黑
天与地　阴和阳
生生不息地轮回
诗人说醒醒吧！
领略另一番图景

星星一宿宿地睁着眼睛
冷看灯红酒绿的尘世
汹汹病毒不断追杀
沉沉雾霾反复笼罩
我们又如何拯救自己
一次刻骨铭心的痛苦
换来沉醉后的醒悟

滴血过后重新结痂
记住隐隐生疼的伤口
良知是内心的音符
被咬一口的苹果
以独有的方式
快速消化世界

坚强的生命站在枝头

沿着春雨走过
种子不疯不傻
不会空着手来
又空着手去
庄稼开始拔节
世界就这样代代延续

坚强的生命站在枝头
笑到最后灌浆成果
不知有多少落花后悔
在最美的年华没有尽情绽放
不知有多少人生
后悔此生虚度
被风凝成的誓言
随风而逝

一场冷雨打落
左顾右盼的花朵
一个人的河流源于心
记录一生的坎坷与成就
胸襟是它的宽度
思想是它的深度
生命是它的长度

灵魂创造了生命的秘密

晨风轻拂窗纱
鸟鸣阅读晨曦序言
时间塑造不同人物
各种角色走过悲喜舞台
谁能摆脱生活捉弄
不要用演技练习台词
用真诚去做事做人

岁月有多少裂痕
就有多少时间碎片
需要多少精力去黏合
都说人往高处走
不曾想高处不胜寒
天生我才　信马由缰
何不扬鞭策马向远方

俯首拾起岁月的残片
陶片　瓦片　瓷片
补上历史残缺的天空
春风挥毫　骄阳落笔
用情挥写风韵荡漾
文字刀锋上生存的诗
灵魂创造了生命的秘密

远离尘嚣之上

给我阳光雨露和空气
微风和成长的力量
孤独的灵魂龙飞凤舞
笔中乾坤入无我之境
大地是一方素娟
任我挥洒万千诗行

花枝间有人逐梦弄花
一弄梅花姿态
二弄梅花色香
三弄梅花传说
我把雪瞬间的美
抓拍进永恒的画面
美无药可救

多少日夜的交替
多少等待的理由
夜夜端起酒杯抒怀
日日在诗行里谈情说爱
千年林涛风雨相伴
更高处的闪电　云见过
远离尘嚣之上

一点星光把梦擦亮

笑声溅落了夕阳
不要打扰这灿烂的宁静
静静地在河边等待
那颗流星划过
一点星光把梦擦亮
天空无需为飞翔找理由
大海无需为扬帆找借口

记忆渐渐模糊起来
像远山一样的轮廓
一弯明月摇晃着
起伏间　磕长头的人
从那曲走向月亮
一分诚实一分力量
使不可能成为可能

一杯香茗泡淡了一天
杯中乾坤流淌诗行
种子四季分明
却根本弄不清楚
今夕是何年
淡去了墨香的书籍
深藏被人遗忘的真理

命运共同体

宇宙有无数颗恒星
太阳不再唯我独尊
天空没有疆界
小鸟自由飞翔
新冠病毒肆虐横行
侵蚀各色人群
人类是命运共同体

首脑以为把百姓攥在手心
却不见货币上的领袖
牢牢握在平民草根手中
约翰逊新冠病毒呈阳性
特朗普也染上病毒
时间如能回溯
命运有无数种选择

小小寰宇光怪陆离
地狱和天堂一步之遥
天空震怒发出雷电
震慑一切妖魔鬼怪
西边的列车已停驶
一双筷子能否夹得住
将要坠落的夕阳？

在烈火中涅槃

水冲刷泥土的品质
火铸造陶瓷的坚硬
土是本　火是魂
熊熊燃烧的大火
泥土等待着一场诡变
我是剑是火焰
像爱因斯坦和海涅
在生活中创造

每块石头裸露着
历史却越藏越深
甲骨文收藏了
曾经的春秋
过往的风雨
一刀一刻的象形
堂堂正正的魂魄

古风犹存的青铜头像
发出一声声回响
执中锋　锥划沙
流淌万千诗行
一只火凤凰
在烈火中涅槃

陶罐装着或黑或黄的梦

从泥土中走来
陶罐装着或黑或黄的梦
神奇和斑驳的历史
先人们的心灵创造
智慧璀璨的演示
生生不息生命的能量
文明的气息在回荡

岁月绵延不断
长河滔滔不绝
古树浓荫下的农耕
瓦檐上燕子引颈啁啾
弯腰耕种的先民
风尘中汗滴荷锄
一滴滴酣畅的泪水
一声声有力的敲击

文字书写的石头
敲开洪荒远古
一抹余晖被黄昏吞没
留恋曾经的辉煌
一棵棵葱茏的树
高高地托举着天空

一阵阵清风在提问

一朵朵行吟的白云
游走在低音的天空
鸟鸣声声　花开艳艳
每一朵花儿献给大地
一颗颗纯净的心
一粒粒文字努力阐释着
一行行诗的思想和意蕴

一阵阵清风在提问
一枚光滑的石头
溜走了多少岁月
行走在文字刀刃上的诗人
尝遍生活的酸甜苦辣
播下五谷芳华
收获果实华章

一条条河流在回答
一尾鱼从历史中游来
考验垂钓者的耐心
幻想似风来无踪去无影
思想如云翱翔万里晴空
霍金在时光隧道中
走出一条弯曲的弧线

君子之交雅如星

抖落尘世的疲惫
放松沉甸甸的心情
采一朵白玉兰
插在春的诗行
鸟儿飞高了
云朵飘远了
心胸自然开朗

星星和我们相去甚远
却是相识已久的朋友
君子之交雅如星
丢失了张开的翅膀
才知飞翔的可贵
梁祝羽化之蝶
追逐着芳馨

花蕾充满了希望
伸手盈握着阳光
请以花开的承诺
度量生活的价值
看鱼缸里的锦鲤
自由自在游动
与其艳羡不如放松自己

解读不出月亮的梦

风扮演着不同角色
风骨不凡　风情万种
风生水起的人和事
一次次泛起涟漪
彻夜失眠的城市
解读不出月亮的梦

月追随着影子
人隐在树影里
人体觉醒的时代
最美还是维纳斯
记忆在翻拍中失真
推倒围城所有的墙
解放封闭已久的心

黑夜层层加深
灵魂不堪负重
一颗心裹着坚硬的壳
藏着守护美的诗心
一朵没有开的花
等待一个清新的黎明
晨曦初露时　丢失
一颗又一颗星星

太阳滚过地平线

山谷听风的回响
谷底逼仄的天空
凸显道德巍峨
在两棵树之间
该向那棵树靠近
幸或者不幸
太阳滚过地平线
不见了公平的身影

没有邪风的煽动
火焰很静很美
燃烧自己照亮别人
年轻的虚火付出代价
成熟的中年摘得果实
参透的老年静享时光

乡愁常常被月亮击中
洒在回乡的路上
淅淅沥沥的雨巷
往事短短长长

雁阵比天空更远

头顶虚幻的天空
手握虚构的事件
僧侣闭关　禅修入定
纵然山花烂漫
最终一缕云烟

雁阵比天空更远
羊群安静　群马狂奔
秋风不断吹熟了果园
却从不想据为己有
最后一只苹果
结在诗歌树上

欲望狂奔跌入深渊
如豆的灯光挑战长夜
白云比黑夜更近
浑浊的黎明擦不去
视网膜上的黄斑
塑料花开在冬天
无知无畏妄议春天

寻一方纯净世界

一阵风跟着一阵风
一滴雨追着一滴雨
晨钟暮鼓一遍遍响起
不是一阵风能吹走冬日
溃败的落叶被严冬收编
树上的鸟焉能成为树的果实？

夜色沏成的黑茶
感受泥土的恩情
黑犬跟随着黑衣主人
愚忠是黑夜的帮凶
雾霾穷凶极恶
笼罩喧嚣的城市
天空何罪之有
为何久久不肯退去？

寻一方纯净世界
一条河攀上月亮
逆流而上登上天宫
远隔千里万里
心念佛　慈悲坦荡
胸中装下苍茫戈壁

疑是银河落心海

青山满怀着激情
春花灼灼艳丽
此刻李白总是大醉
熏醉了整个大唐
醉倒一代又一代诗人
换了多少人间

小草年复一年茂盛
扎根深埋祖先的土地
世上新人换旧人
先人嘱托代代相传
幸福与痛苦
一切都在继续

黄河灌满我的血液
长江塑造我的胸怀
星星是我明亮的眼睛
阅尽曲直苍穹的奥秘
不断磨砺　思想深邃
诗意绵延不绝
疑是银河落心海

香港一家出版商有意出版我的诗集，本诗题作诗集名。后因没有新华书店发行渠道，故作罢。

杞人的后代

走向时光深处的客栈
满身苔痕的岩石
撞击一地青涩的风
露水沿着摇曳的荷叶
滑落到湖中
僧人推开山门
香客来寻香火

不愠不怒的一片云
迎来了一场闪电
暗藏屋檐的雨
砸到躲雨的人
谁是稻田的守望者
稻草人驱赶偷食的鸟雀

虚构的坚硬石头
抵不过岁月的磨砺
风化成宇宙尘埃
杞人后代不仅忧天
更担心被偷偷改了基因

另一种天问

翻过无数座山
趟过无数条河
穿过无数片森林
还有草原戈壁沙漠
长满荒草的原野
飘来野花芳香

头顶无数个日月
挥洒无数行诗篇
废墟下挖到了贝壳
大海后退还给了大陆
海底有多少祖先
居住过的遗址

荆棘遍布的遐想
开辟一条通衢大道
激情澎湃的诗人
任凭风雨浇注
哪管天崩地裂
地平线又一次响起
另一种天问

有感于参加台北教育大学举办的“2013 · 天问中国新诗新年峰会暨两岸1960诗人高峰论坛”。

云在游荡

穿越茂密森林
跨过高耸山峰
诗人驾驭着动词
文字在荒野中流浪
不要被斑斓落日迷惑
迷失在沉沉夜色
看空夕阳就好
不要去填满它

古有愚公挖山不止
今有时公造诗不息
纷扰的诗坛
无论是黑土红土
历经火的考验
墙终究会被推倒
一堵墙的记忆
风雨不分朝代

云在天空游荡
世界依旧茫然
不管河流来自何方
终将回归大海

突如其来的暴雨

雷滚滚而来　伺机
将天空撕开一条口子
暴雨趁机撒野
无论青砖或红砖
预感大厦将倾　为何
听不见砖的呐喊？

突如其来的风暴
太阳猝不及防
沉着冷静的石头
一次次遭洪水冲击
又一次次推向前
被众人踩着很坚定
被万人贡奉也淡定

骨骼坚强挺起
恐龙不屈的身姿
磨亮词的匕首
刺向黑夜的心脏
举起诗的反骨
冲破腐朽的躯壳
与碑文一起站立

站着就是一道风景

窗前草地一只小鸟
不停地弹跳　寻觅
麻雀日渐稀少
如何躲过暴风雨
小草倔强一针一线
缝合干枯龟裂的大地
支撑身躯的信念
站着就是一道风景
为何推倒多米诺骨牌?

鸟群纠结中飞走
落日盲目陶醉
梦想与月亮共眠
有形的门常关着
灵与肉被割裂
从霸道的太阳下出逃
大树真能遮挡风雨?

黑暗中策划着阴谋
弄不明白的陈词滥调
想着去抹黑白纸
谁在搅动黑白世界?

天机不可泄露

黑夜一次次汹涌扑来
雾霾一遍遍胁迫天空
压迫之下喘不过气
招展的旗帜挥之不去
大树阴影浓密
助长阴谋丛生
小鸟如何逃避风雨侵袭

动荡的水泛着浊浪
星星漫过堤坝
变换着身份出逃
貌似强大的光
纷纷绕道而行
历史不断远去
陷入巨大的黑洞
天机不可泄露

蜘蛛不夸耀自己的能力
在角落不断织着网
人却夸夸其谈
结出一张张人情大网
企图网住整个世界

风铃说着什么?

适时打开百叶窗
风铃说着外面故事
此时民国的梧桐
和风淡定对话
西边是太阳焚场
一个圆满的结局

吹口哨的青年
嘴里飞出思乡小曲
没有归巢的麻雀
唱着抑郁的歌
蹲下身子的采药人
摘下了老花镜
诊断社会疑难杂症

一株草放低身段
和大地坦诚交流
几株野泡桐懂得如何留白
为何艳丽的花结不出果实?

孤独的夜行者

躲避炫目日光
在山林隐姓埋名
落草绿林的隐士
走向自己内心
肉体和山体融为一体
学八大山人
入禅是一种生活态度

一笔枝条四个骨朵
写意　提炼　简约
开在青云谱旧院
坚守对纯净的追求
开在冰刀霜剑里
八大山人的“黍居”
听风风雨雨
“哭之”或是“笑之”

孤独的夜行者
循着星星的指引
找到黑夜出口
名利被岁月磨得粉碎
最终灰飞烟灭

目光在飞翔之上

目光在飞翔之上
高于神话和天空
荷塘托起清风朗月
蛙声点缀月色
看花的比花还多
变成了喧嚣

细雨落在唐诗宋词上
连接古今的莲在默诵
韵律荡漾的荷
花仙子浅浅的笑
倾倒多少诗人的影子
写诗的比读诗的多
生出一个个怪胎

秋不露声色走来
夜睡得很静很深
梦中却是嘈杂纷繁
醒后依稀可见
乌有之乡的月光

此心安处是吾乡！

眺望祁连雪山
白云苍茫的远方
大胆想象　小心语言
新诗就能走得更远
大胆写诗　小心意境
不会丢失诗的高度

不是每一扇窗口都能对准道路
不是每一双眼睛都能找到北斗
轻轻滑翔的月光
暗藏梦幻的力量
是谁年复一年
打磨星星的光芒?

小草展开身体的湿地
茂盛的神秘黑三角
尽情彰显生命的活力
一直走到天涯海角
不管是东西南北中
公转神游还是自转潇洒
此心安处便是吾乡！

安魂曲

枯黄不停飘落
树干不断枯萎
被寒风一遍遍地吞噬
月光慢慢失去温暖
马蹄声渐渐隐入星空
谁点燃微弱的蜡烛
貌似强大的夜瑟瑟发抖

夜晚沉睡在月亮的梦中
放下负重的十字架
早晨清醒在鸟儿的鸣叫
头脑和空气一样清新
手舞之　足蹈之
灵魂便从一个轮回
跳到另一个轮回

有温度的心脏坚持
与生俱来的节奏
找不到儿时的村庄
星星打起了寒颤
永远跳动的音符
谱写一首《安魂曲》

灵魂的重量

春雨淅淅沥沥
干枯的心滋润了
石头也充满灵性
厚德载物的大山
依然保持沉默

瞳孔怎能留住变幻的云朵
眼帘如何挂住雨后的彩虹
登上贝子庙的台阶
用心和上苍对话
喇嘛摇着一串钥匙
从云影里走下来

小鸟把生动带给天空
小溪把一生献给大地
一个灵魂的重量
也许是远方那盏渔火
黑夜比白天更富于想象
即使蝴蝶飞走
明天还有鸟儿飞来

今夜狂欢

第一声春雷滚过
唤醒沉睡的河流
推远茫茫草甸
乌拉盖星空更辽阔
哈达比月亮更白
怀抱马头琴的姑娘
今夜狂欢

草坪透出早春气息
目光向远方冲刺
汗血宝马四蹄生风
不要去套飞奔的骏马
手中长长的套马杆
如何套住低垂的月亮

羊啃食泥土上的阳光
而我吸取阳光的思想
明月穿越唐诗宋词
不枉诗意的人生
幸福就是春风
飘下的细雨
点点滴滴滋润身心

花飞花

石头飞过河面站在彼岸
花飞过冬天隐藏着春天
落满了尘埃开在枝头
蚕豆藏在绿叶中
夏天躲在春姑娘背后

花椒树下雄鸡伸长脖子
唤出火辣辣的太阳
一个女生穿着露脐衫
胸前怀抱两只白兔
想起了哲学命题

如钩弯月挂在树上
刺向腐朽世界
月黑风高之夜
杜甫草堂漏雨
风无过　雨无错
诗揭开盛世黑洞

本卷诗部分在《上海大众卫生报》《老年报》《广州文艺》《绿风》等报刊杂志发表。并入选《中国当代文艺精品鉴赏大全》。

相册

第六章 科学问题和科研选题
第一节 科学问题
第二节 科研选题
一、选题的重要性
二、选题的情报和程序
三、选题的基本原则
第七章 科学认识的感性活动方
第一节 科学实践和科学事实

思乡曲系列

一种最高贵的痛苦

青枝绿叶的思念
从月儿唇边吐出
枝头不断的细语
一棵树一回眸
故土托起无数愿望
风儿撩拨春的衣裙
少女体内萌动的青春

湖泊鱼虾成群
田野充满生机
投石击湖碎了圆月
击伤了天下思故乡的
游子望月的眼睛
谁家窗口溢出旋律
茉莉花的音符在流淌
一种最高贵的痛苦
乡愁挥之不去

一片白云从千年之前
跋山涉水而来
花开花落　冬去春来
谁能在青铜大鼎中
烹制千古不朽诗文

一轮故乡的圆月

灵魂行走诗行
飞舞在行草书法
在石头上生根
从不会荒芜
汉字纷纷落下月光
映照东坡传世风物
我在诗和远方

雪花开在归乡的路途
将乡愁一润再润
光阴如一口古井
看得见水中倒影
却摸不着时间心跳
井绳从不会节外生枝
提一桶家乡井水
洗一洗风尘和历史

井水从不会溢出
依然活在柳永的宋朝
一轮故乡的圆月
始终盘踞在心中
他乡孕育的每一首诗
都带着故土的气息

乡愁离故土近了

站在窗前离月光最近
乡愁离故土靠近了
那些发黄的往事
在寂静的夜里
一页一页生动起来
几多笔墨　几多泪水
从记忆深处溢出

天空敞开胸怀
盼着流星回家
让月光填满心胸
收藏月光的人
最懂时光的价值
一颗流浪的心
漂泊在漫漫星空

梦中一遍遍回故乡
敲开童年的门扉
轻唤温馨的乳名
泪痕一次次地滴落
依依不舍的眷恋
车舟如鲫　归心似箭
诗蕴化了思乡的纯度

读懂人间冷暖

昨夜的雪深深浅浅
清晨推开门已不见踪影
雪和我留下一份期待
一缕炊烟　一缕思念
挂在天空的乡愁
老家池塘的小草
依旧守着故土
年年吐出春色

一条条烟云化为
洁白透明的长长飘带
一片片白雪飘落着
晶莹剔透的景象
一幅幅画面生动安详
从此读懂人间冷暖

随着时间走远
两鬓斑白的故乡
头顶着天空依旧
闪耀着童年的星光
两小无猜的那颗星
是否还认得我?
老去的是岁月
愿你我永远都年轻

为每一个村庄写首诗

绿皮火车一路向西
黄土渐渐绿了
登上厚重的山
浮躁的人沉静下来
跨过澎湃的河
郁闷的心敞亮起来
为每一座山留个影
为每一条河取个名
再为每一个村庄写首诗

许多人不期而遇
却又匆匆走散
无需在词典里查找
重逢是注定的缘分
朝圣者匍匐在地
不必问来自何处
谁又能预言灵魂去处

高铁穿梭　高坡又长高了
孩子长高了　心气也高了
向上生长的树
对抗着邪风淫雨
诗魂光顾到哪儿
哪里就春暖花开了

说不尽的乡愁

笔尖常常抵达
乡愁最痛处
故乡烙在心上
永不褪去的胎记
老宅后的小池塘
映出沧桑倒影
母亲唤乳名的家
卸下了假面具

远离故土的鸟
不忘回家的方向
从遥远记忆中
衔来故乡的种子
抵抗阵阵寒风
在他乡发芽开花结果
才有资格享受
家乡温情的拥抱

期待着一场雪
和我一起飞回家
多少叹息落地
静静地跪拜天地
叩谢父老乡亲

向着故乡狂奔

雾霾压迫星星逃亡
广场上空无一人
河床还在　水却不见了
小蝌蚪也不见踪影
石头与石头之间
小草怯生生探出头
纤弱的躯体如何
扛起青铜大鼎

谁把月亮推向山顶
又消失在夜色中
沉默的悬崖在见证
唯有勇敢者留下回音
身躯伟岸骨骼坚硬
承受暴风雪的洗礼
白雪之上落满
人类肮脏的脚印

高倍望远镜远眺
远方葳蕤的山
纷纷朝我奔来
我骑在山顶
向着故乡狂奔

风尘仆仆回家路

城市听不见蛙鸣
远离生活的本源
窗之外游子眼神迷离
黑之外霓虹灯丢失了魂
从内环到外环
一环又一环
拢不住失魂落魄的心

思乡浓重到极处
轻轻如一声叹息
乡愁深不可测
留给故乡的背影
隐隐约约地痛
万水穿越千山
千山流出万水
风尘仆仆回家路

天空渐渐回到从前
清爽得能看见远古
乡间的田野生长着甜
禾苗叶脉里传递笑声
日光的经　月华的纬
编成一页页生活挂历

城是一朵花

——攀枝花

在那个火红的年代
一个叫上下坝村的地方
一夜之间热闹非凡
父辈们满怀豪情
开始了大三线建设
天当房　地当床
夜晚听狼嚎看星星
来自上海的牵挂
寄往渡口市9—4信箱

那火焰般的红花
被称为爱之花的木棉
五片花瓣围拢着
一束黄色花蕊
在此赋予新的内涵
攀枝花激情燃烧
如火如荼的英雄花
引来各地的青年
抒写青春年华

开荒者硬是在不长草的山上
雕刻出一座钢铁城市
格拉丹东雪峰的水
在此和雅砻江合流
像海水清澈湛蓝
花是一座城
城是一朵花
二滩湖美如画

父亲是攀枝花市的开荒者，我曾两次探亲去渡口市（后改名为攀枝花市）。

月光洗净一身尘埃

乡愁装进沉重的包裹
一路风尘仆仆
把一瓣明月带在身上
另一瓣还给故乡
不变的心灵契合
岁月窖藏的深处　依然能
触摸到故乡的心跳

月光洗净一身尘埃
草木也有皎洁的心
秋天的梦如树上的果
一样的多一样的甜
明月千里　诗歌万顷
不知秋思落谁家？
只有澄澈的心灵
坚守家乡那片伊甸园

许浑站在咸阳城楼上
山雨欲来风满楼
荒坡怀揣梦想
种子跃跃欲试
多姿多彩的大地
唤来收获的秋天

母亲支援内地建设，去了西北咸阳，我随母亲在当地生活了数年。古都文化浸润了我，为我日后的文学创作，提供了丰富的素材。

故乡最美丽

漂泊的云朵寻觅归宿
身影消逝在远方
月光下的湖畔
听星星坠落湖水
小村在湖中荡漾
泛起的乡愁没有终结
人生旅途一个个逗号

从梦中醒来伸展筋骨
种子奔走于每一寸土地
叶子上一点阳光足矣
紧攥着时间的缰绳
每日驱赶自己如牛马
何时回到长满青草的小溪

三月的江南波涌着
浩瀚无边的金黄
长长短短的诗行
传播的路上叮咚作响
故乡最美丽
不在于华美
在于贴心的温暖

欲说还休　欲说还休！

故乡守候着空寂
回响童年快乐的笑声
流出村庄的小河
和我一起流浪远方
麻雀占领了村庄
叽叽喳喳问剩下的老人
庄里的人都去哪儿啦？

一坛醇香的老酒
在老屋里发酵
关不紧老宅的门
老人嘴里松动的牙
乡愁浓缩成了
一滴日思夜想的泪
欲说还休　欲说还休

家乡的田埂小路
柔软中带着坚硬
养护和磨砺了我的双足
积蓄了神奇的力量
自信的我回到老家
小草和野花夹道欢迎我

本系列有诗发表在《西湖》《北京文学》《作家》《新民晚报》等报刊杂志上。并获得“印象中国年”全国首届新春主题大赛金奖。

卷四　时间另一种发生

相册

松赞干布出生地

青春与樱花同在
诗歌与大学

GRAPE VALLEY IN TURPAN 吐鲁番 葡萄沟

RT
轨道交通
2016中国轨道交通系统健康与安全发展高峰论坛暨
2016年中国轨道交通设备监测与检修技术高峰论坛和展示

奥斯本头脑风暴法
智力激励的原则:
1、禁止批评
2、自由思考

向着佛不断吟唱

木槿花在视线外
诗已注入我的体内
一滴汗一粒麦穗
一滴血一行诗
海子踩过的水田
疯长转基因诗
人们敬而远之

春色装着花朵心事
游鱼掀开河流秘密
船帆总是要出发
云朵终究要远去
因为目标就在前方
一壶上好的山清水秀
流淌在我的诗行

小鸟飞过天空
有多少人会在意
松风明月放下即修行
高山流水吃斋念经
菩提夕阳烛照经文
向着佛不断吟唱
最美好的事物

半俗半仙的田野

雨声或大或小
或急或缓穿过长夜
掀起梦中高潮
多少年轻的秘密
被流水带走
一滴雨回归长长河流
永不停留的轮回

飞翔的蒲公英不追求
飞得有多高多远
甘愿把信念交给大地
韭菜抽芽点点嫩黄
半俗半仙的田野
无需江湖之远
眼前如梦如烟

分割农田的树
不光有向上的意志
撑起一片蓝天
更有向下的力量
牢牢抓住田地的根
灌浆的大片麦田
攥紧鸟鸣村庄
风又轻轻地松开

小满走向饱满

春风再次去远游
没有带走花朵
小满走向饱满
一条绿色成长的路
决不满到泛滥
从不夜郎自大
没有青涩的稚拙
亦无成熟的世故
一切都是刚刚好

让所有流过身体的
时光蕴含诗意
把过往的简单生活
都存在一首首诗里
简单中深藏伟大的意义
让人类情感趋向永恒
比真理贴心
比光阴温暖
让五千年后的子孙
心领神会

陶醉在有诗如酒的日子
天天如歌的盛宴
为宇宙命名
创造的神话永存

大地上行吟的诗人

都说水往低处流
大江曲折坎坷的经历
汇聚辽阔的大海
上善若水任方圆
被恶浪拍打搁浅的鱼
向着天空呐喊
大浪淘沙的宏大史诗

城市疯长的高墙
阻断心与心的沟通
无穷无尽的欲望
无休无止的争吵
世界无时无刻不喧嚣
多少鲜花和果实
才能填满欲望的黑洞

风雕刻万物形状
雨挥洒万众情韵
兰波诡异美妙
文字一朵朵开花
大地上行吟的诗人
珍爱旅途的所遇
所求所乐所有的一切

万物被诗人所爱

比太阳起得早
蘸着月光写诗
谁能拒绝生命的呼唤
昼与夜　梦与醒
黑与白解不开的结
永远的无穷世界

地上站着的人
有的却倒下了
天上飞的人字
飞往诗和远方
比唐诗更古老的绵延
在村庄不断地流淌
谁能逆着时间回到从前

诗已流淌了千年
渗入我们的肌体
淘洗迷茫的灵魂
循着一座山的高度
在最靠近佛的地方
丈量自己的内心
佛本宽容　大爱无疆
万物被诗人所爱

大地醒来，春暖花开

熙熙攘攘的大街
忽然空空荡荡
不要渲染焦虑和悲痛
只需将白衣天使的手
握紧些，再紧些
一缕温馨的阳光
叩开向善的心扉

浪花一阵阵绽开的江边
涛声拍打心中的彼岸
反复叩问着光阴
出发时问晨曦
归来时问夕阳
从充满挑战的昨天走来
未来不再茫然

一分正义一分成功
使可能成为现实
花朵以落地方式
对大地感恩
即使零落成泥
也要兑现承诺
大地醒来春暖花开

突如其来的新冠病毒，严重冲击着人们的学习、工作和生活。“诗歌美学”“创新方法与创业基础”两门课，转为在网络进行教学，并制成了慕课视频。

抵达更年轻的星球

先我醒来的总是鸟雀
叽叽喳喳数着星星
漂浮在茫茫银河
地球不是孤舟
我不是孤叶
人世间依稀的铃铛
灯火在寂静中荡漾

稚嫩的小鸟清脆地数着
直到最后一颗星隐去
在想象的另一端
另一个我又回到了青年
和我爱的人一起
遨游浩瀚的星空
抵达更年轻的星球

回到我们青草般的童年
一切都将重新开始
给自己留一份清静
悟出几分禅意
增添几分傲骨
只等春风吹拂
心田一片翠绿

射落星星

读久远的历史
遥不可测的星空
飞翔的萤火虫
一闪一闪的灯谜
八大山人的一枝桃树
和岩石上的喜鹊
谁能听懂它们对话

僻静的远处荒城废墟
该怎样回忆起
封尘已久的往事
石头绽放花瓣
大地内心的光泽
云卷云舒　日升日落
那缓缓西沉的永远是
升起的那颗太阳

一阵风吹落盲目崇拜
长在山顶也一样衰败
拒绝以沉默方式
面对暗箱中的腐败
数着黎明到来的脚步
猎人瞄准靶心射落星星

人走远了身后一片废墟

老街的灯笼与人为善
白墙黑瓦与世无争
却被城市紧紧地围着
压迫得喘不过气来
没有了汪汪犬吠
听不见噼啪鞭炮声
无从体验古色古香

面朝传统的方向
孤独又深情地远眺
古巷一双眸子
两口深井清澈
火在炉灶里抗争
只留下无声的灰烬
走的人多了便成了路
人走远了身后一片废墟

在记忆的空白处
是边边角角的往事
一朵花醒来
睁开春的眼睛
百年以后的月亮
照样吟诵我的诗行

站在废墟上

一根根烟囱凄凉地
站在一片废墟上
熊熊的火焰
吞噬着一切
不止是青春在燃烧
从心底燃起的火
从指尖烧到笔尖

月光很近冷到骨头
躲不掉阴霾蒙蔽
太阳很远照不暖心窝
逃不过时光制裁
诚实的心握着
正直的笔　绝不会
把方的画圆
又把圆画方

优柔寡断的哈姆雷特
该如何汲取教训
夸夸其谈的罗亭
该如何面对屠格涅夫
现实主义的牛
寻觅理想主义的田
最终走进屠宰场

我思故我在

一滴雨不愿漂浮在空中
义无反顾直奔母亲河
割不断的思念
无从知晓水声
是欢乐还是悲伤
只有不断向前的冲动

树有高低不同
却没有贵贱之分
我思故我在
无需刷存在感
我谦虚故我行
无需刷尊严
光环烟消云散

影子老是跟在身后
想要找上帝背影
却常常丢失自己
为何被误时的表迷惑
迷茫的人兜着圈子
成功并不是圆满
失败也不是一场空
纵然黄袍加身
最终还给上帝

纤夫的魂

坚硬的石头磨砺着
黄河粗犷的汉子
绷紧纤绳匍匐河岸
唱着铿锵久远的号子
破浪的船伫立着
一千零一次不倒的桅杆
从黑夜走向黎明
才知道夜有多深

水中的月亮无法托起
沉默已久的历史
将连接黄河的长缆
牢牢握在手中
脚步不停迈向远方的海
地平线或隐或现
丈量着胸怀和视线
流水不需要浪花赞许
诚实拒绝虚伪的掌声

风帆随着太阳升起
高悬在神秘而久远的海上
学会用旗语同大海交流
即使青春不再
也要踏着歌声赶海

谁叫醒了世界？

朝霞以童贞方式
掀开新的一天
世界如处女展现在眼前
我的诗行枝繁叶茂
粉丝摘下种植在心上
可读又可悟的诗句
可观也可说的景象

诗歌向左看齐
便丢失人性活力
向右发力兽性难抑
不知天高地厚的肆虐
剥夺了诗意萌生
丢失了美感愉悦
没有了灵魂还有艺术吗？

风叫醒了树
树又叫醒了鸟
鸟叫醒了山
山叫醒了太阳
太阳升起　叫醒了
大地上的千家万户
诗意随之袅袅升起

唤醒生命密码……

梦有多深夜就有多深
叫不醒装睡的人
唤不来无缘的情
心比月儿飞得更远
如甘愿做情色的俘虏
在最女人的怀里
一次次地缴械
疲软中焦头烂额

窥探月亮另一半的脸
月儿却洞察人性
在黑暗中的另一面
找寻人生另一半
女神的手在空中挥舞
如何从坚硬的语言
磨砺出抒情的曲线

完美的不是曲线裸体
洁净的灵魂在飞翔
爱不仅是身体的欲望
是精神的相互依偎
唤醒了生命密码
天有多高眼界就有多高
胸怀比大海更辽阔……

真实与虚假的世界

春风常常纠结
在美色与美景之间
一半与美女纠缠
一半在山水徘徊
半真半假妩媚多情
虫眼留恋青叶
斑斑驳驳的尘世
不是虫的过错

永远立不起来的影子
惯于耍阴谋诡计
在透明的天空飞翔
翅膀不会留下阴影
春雨不紧不慢地洗净
枝头无数张新面孔
摇头晃脑辨别着
真实与虚假的世界

穿越星空的虫洞
最终通向何方
其实与虫无关
宇宙究竟是闭合
还是无限伸展
与想象有关

香案烛火

皈依泛黄经书
祠堂在龙脉之上
香案烛火照亮
一张张迷茫的脸
阴和阳认祖归宗
修行山高水长
立人性淡如菊

积满尘埃的墙
风中往事纷纷落下
墙坦荡什么也不说
炊烟常在　风声耳畔
月亮千年不变的心愿
飞翔是最好的姿态
用自己的洁白照亮黑夜

年轻的道士在烟岚里
倾听山川的回声
一把唯物的三角尺
丈量不出隐秘的世界
在陌生的语境探险
窥视幽谷　奇石　险峰
把陈词滥调烧成灰烬
诗在肥沃的土壤
孕育新的生命状态

鸟叫醒了我们

月亮坦荡无私
从不吝啬月光
即便在穷乡僻壤
指引云游乡野的人
鱼不停地向前游
不可知的远方
却不知游向哪里

大树千万双手
擦洗着沉沉的黑夜
擦出清爽的黎明
叶子叫醒了鸟
鸟叫醒了我们
莫辜负大好春光
毫不犹豫背起行囊

缄默的月宫期待着
我们跋涉万里
倾听远古的声音
来自遥远的银河
无限的可能性
蕴藏不可穷尽的诗意

月亮是我放出去的天灯

不甘心守着小白菜
过着清白的日子
却不知亮丽的桃花
被是非缠身落英满地
不是所有的花朵
都是激情姐妹
水滴默默点穿岩石
不辜负淡淡一生

渡船驶向彼岸
信天游高亢起伏
如大山气势如虹
一棵繁茂的大树下
聚拢着向往自由的人
不忘初心的太阳
为何落在西山?

大雁创作的七律
天空顿时鲜活生动
月亮是我放出去的天灯
为李白照亮回家的路
重新回到了尘世
却穿行于俗人之上

风惊动了花梦

鸟鸣不断测试着
倒春寒的风雨
诱人的白玉兰
墙里墙外一样白
桃花彬彬有礼
却被谣言所伤
缤纷华丽的外表
纯真才是春的本意

抑制不住的春天
激情喷涌在诗行
向上向下　春的深处
向左向右　人的态度
诗像树根一样
深深扎进生活的土壤
和大地相守一生

一袭清风染出春色
吹来叶浓草香
拥挤在笔尖的诗
像枝头的樱花
争先恐后地盛开着
风惊动了花的梦
雨淋湿了赏樱人

凡尔赛玫瑰终究凋零

（对凡尔赛文学思潮的感想）

玩梗一样调侃自嘲
扭曲的心态玩世不恭
明贬暗褒的低调
先抑后扬的炫耀
凡尔赛玫瑰终究凋零
以秋天的名义
横扫枯枝败叶

遥想当年谢安下棋
捷报及时送到
只是轻轻一句
小儿辈大破贼
超越语言之外的感动
谁又能与时间为敌
最终交出所有身外之物

夕阳烧红天际云朵
慢慢烧成夜的灰烬
飘落的时代碎片
一地残破的思想
又如何随遇而安
聚过又走散的人
也不知去了哪里？

放下沉重的十字架！

漫步在油菜花田
阵阵迷人的芳香
青禾翩翩起舞
在绿水青山间
烈日下辛勤耕作的人
喜欢草帽的质朴
一首草帽歌犹在耳旁

用心珍惜春天
不要与爱恨纠缠
银河也割不断情缘
也许一场雨挽留
雨水滋润良宵
也许一阵风告别
挥挥手吧风度翩翩

春天不为别的
被严冬禁锢的心胸
春风帮你打开
青菜　番茄　黄瓜
一幅幅多彩生活的画面
却又为何放不下
沉重的十字架？

匍匐的朝圣者

俯瞰人如蚁虫
迷茫中匆匆赶路
六根不净　困惑迷惘
弓着身子的桥
不忘初心　普度众生
鸟在枝头呢喃
分辨着太阳和月亮
还有众多星星的脸谱

高山鹰为苍茫大地
低下高傲的头颅
翻山越岭的车轮
碾过苍茫历史
卑微的小草匍匐着
见证沧海桑田
每晚我合上夜幕
诗便开始反省

野花烂漫的小径
隐藏幽暗的深谷
月亮从不孤寂
洞察世间的冷暖
暮鼓晨钟引来
匍匐的朝圣者

和太阳同行

秋风悄然而至
叽叽喳喳的鸟
在秦岭深处
说着天南地北
从卑微抵达崇高
小草从山脚开始
一直绿到山顶

山并肩　水相依
几番风雨　几度春秋
鸟共享着天空
树共享着山岗
层层叠叠的麦浪
飘着泥土芳香
河流　农舍　炊烟
共享主义的世界

昂首背着阳光
和太阳同行
荣耀转瞬即逝
从前的誓言随夕阳
渐渐地暗淡
月亮的邮戳高悬
陪伴乡思走遍天涯

天涯寻归途

鸟儿热恋天空
蚯蚓依恋泥土
草尖指着风向
一片草地一片天
荒野中的烽火台
望断多少历史狼烟
风声断断续续吹来
月光慢慢变凉

渭河一束束蒿草
摇曳童年散落的故事
麦芒刺痛高歌的咽喉
额头的疤痕渐渐模糊
每一粒故乡尘土
流出思乡的泪
水中鱼　天上云
游子天涯寻归途

穿越夏秋之交的风
和一场雨相遇
风潜行　雨缱绻
云不愿走回头路
我愿在路上慢慢看景
挥一挥手远方再见

在咸阳读小学，学校周围都是麦田，好奇心驱使尝一粒麦子，结果被麦芒刺痛。在露天舞台看秦腔戏，恰好“东方红”卫星飞过头顶，激动时忘乎所以，磕破了额头，儿时抹不去的记忆。

大鸟俯瞰无限江山

大鸟俯瞰无限江山
灵魂与风相伴
山凹里的渡口
金沙江奔腾不息
炳草岗开满攀枝花
西边文火煮着黄昏
延迟的夜色越来越浓

风去风来卷走
碎片与尘埃
人来人往带不走
清香坪山岗
自诩高尚的人
如何摆脱卑贱的
身后影子的纠缠

风助长了邪火
雨落草逝不为寇
越来越不满的欲火
熊熊燃烧着大地
大雨漫过河堤
一场雨示威过后
还有另一场雨
如何走出雨的边界？

攀枝花市就建在大山里，炳草岗是市中心所在地，清香坪是9—4工厂和家属区所在地。

墨子四处巡游

天空还是这般沉寂
人类却已浮躁不堪
伸向空中的手
不知指向何方
东风西风不断较劲
世界渐渐失控
不知转向哪里

没有经过长夜的人
不知孤独的深沉
伸出舌头舔一舔
上帝撒落的星星
书案一根瘦弱的灯芯
顽强地举着火光
抵抗表面强大的黑夜

锋利的弯月透出冷冷的光
青蛙无从知道
温水里藏着阴谋
尘世常常风言风语
却不知从何刮来
墨子的鬼魂四处巡游
震慑胡作非为的人

风在回应

一列火车劈山穿峡
踏进同一条河
哲学家在思考
诗人却放飞想象
抵达同一个目的地
离尘世远一点
离神就近一点

巴音布鲁克草原
捕捉白云的童话
目光不离不弃
诗行吐气若兰
七个闪亮的音符
徜徉在天鹅湖畔
眉宇德慧如馨
心中绽开莲花

一片岩石裸露
坦诚面对天地
遥远的额尔齐斯河
一位美少女
在对岸含情脉脉
云下等待
风在回应

一场又一场雨

清新的风扫荡体内
腐朽无处遁形
从天边扯一块云
擦亮浑浊的世界
一场雨被另一场雨覆盖
不断地迭代　颠覆着
荷花与水纠缠不清
难以说清谁更干净

稻花又在晾晒心事
经受廉洁的刀刃
一遍遍地拷问
鱼习惯潜伏
却学不会狡诈
往往容易上钩
学荒草的坚定自信
野火又奈我何？

梧桐频频发声
蝉控诉夏日的酷热
祖辈皴裂的指纹
黑陶敲出远古的回声
东晋的南山下
找寻文人的风骨

谁是谦谦君子

河边几棵杨柳
几声悠扬的鸟鸣
江南湿漉漉的宁静
桨声前行在
曲折迂回中
沿着蝴蝶的路径
探寻花事秘密
花会告诉你
谁是谦谦君子

时光驻足小镇
木窗慢慢镂空
青苔层层渲染
白鱼和莲藕
动与静的画面
寻找新鲜的词
诗众口难调

月亮又薄又轻
搧来凉风的夏夜
藤蔓往上爬
心思往下沉
远方灯光闪烁
如何解七年之痒

马蹄催醒远方的炊烟

旷野的可可西里
蓝天辽阔纯净
远方隐约的地平线
一直跟随着视野
只有风不再沉默
似乎所有一切
瓦解成废墟

拉萨河底一粒粒沙
仰望天上一颗颗星
一根根洁白哈达
雅鲁藏布江的阵阵波浪
放牧一朵朵白云
迷失在旅途的人
格桑花带你回家

荒原沉寂一路向前
马蹄催醒远方炊烟
倔强生长的野草
见证突然降临的雪崩
等待圣山上的雪融化
洗净污垢满地的尘世
光阴匆匆流逝
谁又能逆水而上？

幸福真实简单

近处人语　远处风烟
炊烟说着村庄的方言
久久不散家乡的味
树上麻雀叽叽喳喳
真实简单的幸福
知更鸟争着带路　回到
被岁月掠走的青春

灵魂在诗行滑翔
从远方抵达更远方
矫情的歌与诗
让鸟儿去唱吧
看一棵草一片叶
顽强生长的力量

松树长满张开的手指
向天空发誓忠于大地
摇曳的格桑花
绽放不变的信仰
一块干净的石头
洗净了多少污垢
挖掘万千意象
一览诗的源头

春风依然温暖可亲

清澈的溪水淙淙地
打磨一枚枚坚守的石头
一段段岁月留下刻痕
大地看似漫不经心
却心心念念关爱每颗心灵
鱼沉在时间深处
简单快乐的一生

星光是我留恋的眼神
春风依然温暖可亲
读坦坦荡荡的小草
看敞开心胸的静美
心灵的各个角落
身体的每一寸山河
都要精心地绿化

路边的小花在意阳光
点点滴滴的雨露滋润
或含苞或绽放都是内心的感动
听从自然的指令和同伴的召唤
只要打开心扉就能听见花开的声音
相信每一朵姹紫嫣红的馥郁
是对厚德的大地感恩

花开时　佛很安详

一曲鸟鸣叫醒晨曦
梦随风而去
寻觅一块净地
那里依旧清新
赤狐劲舞唯美火焰
雪豹飞奔万古寂静
清爽的天空下
畅快地呼吸
让自由女神臣服

曾经的蓝天
透明得像真理
雾霾反复笼罩着
天不知不觉崩塌
陈腐的老屋
大风中摇摇欲坠
何时返回纯真的蓝

茶和咖啡呼吸
大自然芳香
数羊群和星星
境界高低各不同
花开时，佛很安详

本卷诗作部分在《青年作家》《人民文学》等刊物发表。

相册

四季歌系列

淡定的人在垂钓

诗和信仰在高处
人生才有高度
生活就有远方
落叶随波逐流
漂木搁在岸边
旧人离去 新人登台
淡定的人在垂钓

乱石卧于水底
不可预测的命运
纷扰不断的小事情
忧伤却来自大时代
世界在不断摩擦
开门或者关门
竟然成了两难选择

被邪风吹灭的希望
被一首诗再次点亮
把鱼翅还给鲨鱼
把象牙还给大象
把安宁还给世界
把尊严的胆还给熊
把良心完整地还给人类
在黑暗中寻路前行
诗人便是提灯的人……

特朗普走了，拜登来了，诗人在垂钓。政治很肮脏，艺术很干净。

对春天的述求

风呼啸着搅乱视线
一寸寸草原溃败
一尺尺水土流失
错不在无辜的牛羊
扼住人的贪婪欲望
一条自由自在的鱼
放生静静的池塘

一草一木预告春色
一砖一瓦营造生活
邪风吹走真相
用肯定的语气押运
凹凸的道德严重缺损
低估诗歌的力量
无从知道自己的深浅

每天都在自我裁剪
要么成才　要么碎片
一棵榆树毫无保留
奉献所有的榆钱
树对着风不断地复述
叶子对春天的述求

春风终于忍不住

草荒到了老屋的门前
庄稼地里衰老的锄禾声
田里长大的青春还未成熟
就移植到了城市
水土不服渐渐枯萎
一抹夕阳的剪影
村庄日渐衰老

渐渐老去的扁担
一头挑着日子
一头担着事业
重压下变成两截柴火
挑过扁担的男人
顶天立地的男子汉
远离灯红酒绿的诱惑

都市夜幕下交错着
大大小小的橘黄
霓虹光怪陆离
忽闪忽闪着情色
人性被肆意地拆解
春风终于忍不住
一片片剥开了白玉兰

蝉鸣搅动着夏

风吹散浅浅的脚印
水冲走无根的岸
荷花盛开多重隐喻
一朵朵羽化的美
一声声后现代的蛙鸣
一片片幻化的月光

蝉不知趣地搅动
夏夜不能入眠
被惊扰的小草
露珠不断地炸响
又一个燥热的夏日
花朵怀抱初心
烈日下疯狂地开
火焰般地毁灭

太阳耀眼的光芒
如何看清虚与实的大千世界
夜空裸月冰清玉洁
如何粘贴梦中翻飞的碎片
笔尖下时而俊秀
时而苍劲的诗行
记录风的行踪

荷影沉吟

听荷影沉吟
荷香缭绕不息
黄荷诱惑尘世
红荷嫉火燃烧
一尾尾小鱼围拢来
探听岸上的秘密
水中月亮想入非非
怎么也跳不进
猴子捞月的竹篮

一排排柳树
静静地回味唐韵
一根根柳枝
默默地垂钓往事
常想走年轻时的路
却不见熟悉的背影
在九霄云外
一首诗天马行空

东边的山常给人惊喜
魔术师变出一个太阳
西边的河不紧不慢
接住一个回家的黄昏

和鱼一起游出夏天

夏日挂在枝头
酸酸甜甜的日子
体验酸涩的哲学深度
登上人生境界的高度
流浪在他乡的明月
似乎总有缺憾
想象着跳进鱼缸
和鱼一起游出夏天

打开农历走进去
便走进了天地秘密
虫的鸣唱　花的舞姿
此起彼伏的庄稼田
目不暇接的美丽
一轮明月的清辉
熟悉又陌生的诗篇

小草迎风而立
不惧野火肆虐
一只受伤的小鸟
对未来充满恐惧
一阵阵台风袭来
城市颤抖不已

捕获蝉声和夏日

风筝牵出一个太阳
落下的还是风筝
高高举起的杆子
捕获蝉声和夏日
无需迎风飘扬
花好月圆的日子
花开的姿势很美

今日从不放弃
走向自尊的明天
坚持日出而作
遵守日落而息
日子分成两瓣花
一半在写诗
一半在路上

夏阳隔在窗帘外
雨点用敲打方式
发泄内心的愤懑
太阳大量出汗的季节
浸润一行行诗篇
长河是人类的母亲
今天是历史的倒影

荷塘月色

寂静的月色荷塘
读一本民国的风情
心中的花骨朵
像迷迭香开在夏天
一滴晨露和弯月一起
滴落忧郁的深井

月亮并不神秘
藏在香樟树
茂密的枝叶间
在不可复制的梦中
把秘密洒在床前
荷香入骨　清风入怀
月清风淡的人
胸中自有大气象

让干净的身体
裸露在月光下
曾经的青葱岁月
池塘里的绿荷红菱
灌满了童年的记忆
是什么样的生命密码
破译了流逝的光阴

金秋我为王！

为何看云很近
白云缭绕　山泉甘冽
洁净的心无需防范
看身边的人很远
人心隔肚皮
野草生长茂盛
小麦却得枯萎病
世界本来不完美

尘世芸芸众生
皆为生存所累
草木一秋　人生一世
痛苦并快乐着
爱恨就在一瞬间
可听见城市夜晚
有人在哭泣？

秋风剑走偏锋
大树开始瘦身
一地衰草呻吟着
土地背负着痛
敞开门窗告诉世界
金秋我为王！

这秋天的大地上

一颗颗金黄的稻谷
一缕缕物化的阳光
一天天酿成生活醇香
一壶浓了又淡的茶
品出由繁到简的人生
敞亮的心比风
更轻松辽阔

给一些土和水就活了
再给一些阳光就绿了
小草一直绿到海角天涯
给我一些净土
种上蔬菜瓜果
再种上一行行诗
开出一片朝阳和晚霞

日光月华镀亮了犁刃
也镀亮了百姓的憧憬
各式各样的野花
缤纷了乡村的日子
聆听大地在呼吸
一种平静的力量
秋天的大地上
有多少诗篇在吟唱

请记住雪的叮咛

身在他乡心中不忘
每年和雪有约定
回到魂牵梦绕的故乡
一草一木　一花一叶
都沾着亲带着故
田埂上行走的脚印
深深地扎进故土

雪花盛开的远方
是我可爱的家乡
雪白的田野和村庄
一片雪花代表我的心
花飞花落　梦里梦外
请记住雪的叮咛
守住一生的清白

一场场雪安抚着
一颗颗躁动的心
推开了所有远眺的窗
雪落无声　鸟过无痕
青春的梦多如花蕾
汗水浇灌的那一株花
结出一串串果实

雪信守承诺

远处，在更远处
雪，惦记着南方
一路南下的消息
风骑上快马传送着
白雪信守承诺
把去年染过的江山
今冬再染一遍

白昼燃烧的灰烬
笼罩冬日的夜空
如何把软骨打造成脊梁
把忍耐磨炼成不屈的抗争
风雪铺满城市道路
雪人和我们一起
披星戴月堵在
上下班的路上

雪花抚慰创伤
将一切病毒埋葬
严冬将弯月冻成利刃
寒风将冬日冰封起来
今冬的雪来得早
预示春也会早来！

北方开始下雪

乌云与浑浊勾结
抱团黑暗势力
谁能剪切一轮太阳
黏贴在阴雨的脸上
没有阳光的天空
心还能敞亮吗？

夕阳融入古老的残梦
不愿老去的青春
渐渐归隐黄昏
亘古不变的苍茫
鼾声让黑夜震颤
浅睡的人梳理着夜色
挥之不去的郁闷
如何面对清醒的时间？

北方开始下雪
三朵雪真的能代表
万里雪飘的江山
不懈的滴水穿石
大地有力的心跳
涓涓细流汇成滔天巨浪

冬的背影

春风催着花开
也催醒了七情六欲
红尘七零八落
偷窥的月亮挂在
换上了新衣的树上
一江春水涌动
温暖了冬的背影

头顶上的星星发光
也在混淆黑白
夜晚最真实的面目
却被窗帘遮盖
很少有完整的梦
高潮来临前就中断了
像断了线的风筝
不知飘向哪里

洁净透明的玻璃
从不隐藏自己
照出世界的本来面目
阴暗腐朽无处躲藏
石头用棱角彰显个性
不曾想过绊倒了别人
究竟谁之过?

雪花为春天铺路

为何人人喜欢雪
她静静滋润着大地
默默为春天铺路
从不需要竖碑立传
静静地来　悄悄地走
从不需要摇旗呐喊
你可以融化在雪中
但不可以玷污她！

红梅顶着雪花开了
不是梅花献媚
不是雪花争功
传来上苍的问候
即使落下　也高过
世上所有的高度
大美无声　从不炫耀
覆盖了所有的路
让人们尽情地踏出
属于自己的路径

数首雪花诗、吟春诗和拍摄的同济校园雪景，由同济大学图书馆制成文権日历。

梅依然吐露芬芳

——参加梅花国画展有感

雪野中的炭火
一边是喜欢的雪
一边是温暖的火
有得就有失
又该怎样选择?
照亮黑夜的篝火
如何提炼梅的丹心?

冰封越来越强劲
尘世寒意料峭
一根枯枝被折断
当百花遭集体封杀时
梅依然吐露芬芳
冰霜冻不住丹心
寒风吹不跨风采

浪得虚名的人所谓大
其实如大寒实为小
低调行事的人
如小寒真正的大
旗帜迎风招展
被邪风撕扯
梅花奋力抵抗寒冬
太阳转入战略反攻

捐了三幅参加画展的国画，支持学院文化建设。

又是一年实现梦的开始！

第一抹晨曦撩起小鸟的梦
第一声叽喳扣响黎明的窗
又是一年实现梦的开始
我读懂了小鸟渐丰的羽毛
读懂了欲飞的石头
大河滚滚奔腾的去向
同舟共济摆渡幸福

一本陈年的旧历
封存有价值的往事
熙熙攘攘的人群
长长短短的故事
读懂每一条沟壑艰险
每一道崎岖的山梁
却是通向光明的天梯

云雀高傲地读懂
太阳心怀天下
脆生生的瓷声
从云朵滴落
路迢遥 水浩渺
一场应时应邀的雪
冬天顿时变得可爱

本系列诗，有诗发表在《扬子江诗刊》《北方文学》《延河》《青春》等刊，并获樱花诗歌奖。

卷五　诗和远方

相册

行吟者无疆

羊皮筏子划过浪涛
花儿漫过河套
你吃的是草
别指望有狼性
九曲黄河　千古图腾
用果树饱满的精神
回馈厚德的大地

多少种颜色才能画出
个性完整的母亲河
温柔地抚摸大地
咆哮着奔向大海
远古炎黄　周王春秋
从公元前到万年后
行吟者无疆

风雨中的绿皮火车
穿行在记忆深处
大漠孤烟　长河落日
山上山下村里村外
炭烤玉米串
黄土成金的诺言
回到儿时的土地
荒芜的心遍布植被

创作于兰州
黄河母亲雕像前。

象形文字久远的呼声

远古的半坡
一条鱼游进陶罐
女人怀抱着水
母性的风韵温暖至今
手执鞭子的牧羊人
赶着羊群和云朵
慢悠悠地越过山岚

麦子一身金黄
麦芒刺痛自大的人
唱高调如芒在喉
一个王朝深埋在历史中
深藏着不灭的火焰
血肉之躯的先祖
结痂的秦王朝伤口

威武雄壮的兵马俑
用血性的冰冷
完成了两千年的穿梭
长安临摹的碑林
象形文字久远的呼声
晨钟暮鼓敲击出
不可逆转的力量

我已爱上一朵云

一座心怀善念的雪山
一朵安身立命的白云
一滴滴雨洒下情怀
上苍眷顾人间
一缕缕炊烟袅袅思绪
报告上苍人间事
一颗永不结冰的心
需要温暖的怀抱

一块立地成佛的石头
一株顺风拔节的青稞
一群群牛羊在草甸深处
心已融化在绿色中
云也无法描摹的轻松
天也无法表达的蓝色
我已爱上一朵云
随她游遍海角天涯

不是所有的眼睛
都能看见太阳黑斑
在列车的窗口外
在群山挥手之间
抑郁纷纷抛到脑后
唯有期待着诗和远方

情怀比云朵高远

夜幕下的眼睛
一直亮到天明
城市患上失眠症
赶路的人做着白日梦
寡欲的村舍睡得很安稳
赤足的田埂迟迟不愿醒来
曾经走过的岁月
恍如昨日不曾忘怀

比风走得更远
比云飞得更高
旷野青山　自然真切
乡村粮食喷香
果蔬新鲜可口
今天生动的炊烟
留下昨日的灰烬

卸下重负度诗意人生
代代寻觅陶渊明
隐居世外桃源
风吹草动　如烟往事
过往酸甜苦辣的日子
人世沧桑　桂花清茶
秋风吟着诗赋
情怀比云朵高远

远行人在天涯

天空对于翅膀
彰显飞翔的意义
坐地日行八万里
花开花落　雨雪风霜
大地对于脚步
始终指向远方
白云下远行人在天涯

美丽的格桑花
巴音河繁衍的子孙
每一粒尘埃都有色彩
每一颗石子都在微笑
顺着灵感的笔尖
一道道彩虹弥漫着
袅袅升起炊烟的黄昏

小鸟一遍遍地叫醒
陶醉在看似圆满的月亮
数不清的意象在闪烁
纷纷落入我的诗行
与日月同辉
头顶着一轮月光
永远走不出故乡

一杯酒唤我诗性

走近越来越大的山
人却变得越来越小
自大的夜郎国
消逝在历史中
不识字的老农
却说着朝代兴亡

一杯酒唤我诗性
茅台镇 赤水河
让诗心井喷
绵长的岁月和酒香
三杯茅台举杯后
思绪开始升腾
如山上的雾岚

酿得高度的酒
常常让人喝高
释放全部的能量
唤醒李白和明月
酒是真朋友
一起畅想诗意的未来
心中有诗的人
夜再长也不寂寞

天空写满了乡愁

——缅怀余光中

天空写满了乡愁
鸿雁飞越浅浅的海峡
体内涌动的热血
温暖了冰冷的冬季
寒风中照样盛开
洁白的花朵
一片诗行的芳香

月在巡夜小小寰球
缅怀中的寂静
从冰川出发的江河
沉睡中渐渐苏醒
匍匐着跪拜天地
漂泊的邮票和船票
记录一棵花蕾的行程
诗人领着走出荒漠

怎样的纪念碑能够担当使命
厚德载物的大地大德而无言
真正的碑文刻在每个人心里
矗立在挺直的身体

曾数次在台湾和大陆一起抒发思乡之情。

在天河的边界望乡
——追忆“诗魔”洛夫

因为风的缘故
放出昨日之蛇
你便游向了远方
清明时节已不远了
不用问酒家在何处
牧童又在吟诵边界望乡

你和余光中漂泊一生
在落马洲眺望家乡
望远镜中的乡愁
被撞成严重的内伤
一只白鹭从水田惊起
和你一起西去

我们曾用邮票传递诗情
曾用船票渡过海峡
奋力划着龙舟
去寻上下求索的眼睛
那根漂木沿着诗河
从明朗到艰涩
又从艰涩回到明朗
喝雄黄酒和屈原再醉一万年

曾记得和“诗魔”一起在《解放日报》吟诗唱和，一同缅怀屈原，《拥抱汨罗江》发表在专版上。东方魔块诗群曾经享誉沪上，和洛夫一起“群魔乱舞”。

安放心灵的村庄

远方有经卷引路
攀上前所未有的高度
在念青唐古拉山
轻轻抚慰疲惫的灵魂
焚香净手　恭敬忏悔
经幡在蓝天下沉思
总有一盏灯火点亮人生
照亮安放心灵的村庄

听风听雨听世界
大江大河只取一瓢饮
每棵草享受阳光的温度
每匹马跟踪岁月的长度
每个人提升生命的高度
看山看水看风景
郎朗月色只剪一窗影

天空无比宽容
云朵如此率性
感受万物气息
静静生长的声音
谁在彼岸射出
一束永恒的光
彻照此岸的红尘

创作于西藏，自驾游途经藏民居住的村庄。

哈达舒展我心中的流云

母性的草原格桑花
雄性溢出激情的青稞酒
哈达舒展我心中的流云
大地飘着奶香
绵延不断发酵的声音
拉萨河不停地搅动
大地划出一道道伤口
源头在大山深处

鹰盘旋在雪域
鸟衔着佛光灵性
离太阳最近的地方
聆听雪山　朗读藏经
信仰高过珠峰
天路登上天界
洁白冶炼的雪线
在高山之巅

大山披上雪白的风衣
一路骑行可可西里
藏羚羊在头顶上飞奔
人在天上　路在脚下
空气也充满迷人气息

登顶珠穆朗玛峰

——献给登山勇士

茂盛在枝头的春
倒映在汩汩清泉中
羚羊连续地跳跃
呈现美的花样动作
世间所有的美
不会戛然而止
马泉河画出的曲线
比定义直线更完美

沿着河流向前
走出封闭的大山
雅鲁藏布江流过四季
在大地上抒写长长的诗
泥土确认过的生命
不惧风雪严寒
远方的蓝天白云
一直飘在心里

飞鸟飞翔的姿态
比飞机羽翼更生动
登顶珠穆朗玛峰
亲吻雪山上的天空
雪豹的眼睛仰视
一朵雪莲一轮明月

创作于离珠峰
一步之遥的山上。

永远在路上……

依然在旅途跋涉
义无反顾向前
找寻灵魂的归宿
追随滚滚黄河
连天地之水
接历史之脉
岁月长河 沧海桑田
大地缝合伤口自愈

黄沙铺向天边
风暴席卷一切
风沙刮起粗犷的方言
朔风凛凛 大漠漫漫
骆驼被蹂躏时
坚定的步伐彰显
不屈的生命尊严

无法想象的艰难传奇
无法言说的沧桑神秘
驼铃渐渐走远
足迹很快消失
永远在路上
远方没有尽头……

在交通运输与工程学院举办的庆典上，为答谢凌建明院长的盛赞，以及同事们的支持，即兴而作。

眼前的世界真实又虚幻

沉浸在千万年的蓝光
和朝圣者一样的虔诚
纯净的纳木措一尘不染
放慢脚步看牦牛悠闲
无边无际的视野
眼前的世界真实又虚幻
一切触手可及
却又接近虚无

一抹纯净无比的蓝
荡涤每一个人的灵魂
深沉的纳木措虚怀若谷
从人性的最深处
打捞上来真诚的爱
化为圣水　洒满人间
尽显大美和大爱

雪山爱湖水
白云爱蓝天
自由的纳木措放飞色彩
我愿成为你的背景
心灵由此透明而安详
在最远又最近的距离
镜头捕捉最美的风景

创作于西藏
纳木措（湖）。

走进你的静与美

如何打开心扉
与自然交汇浑融
如何寻觅心中的神性
让自然馈赠给你力量
如何照亮心灵之泉
晨曦在静静倾听

为何夏花之绚烂
花朵献上美丽诗行
为何秋叶之精美
清风吟诵意味深长
为何小鸟飞过
天空不留痕迹
静谧飘逸的意境

何不让童心伴随
享受快乐的生命
何不把爱浇灌
从青涩培育成金果
何不使宇宙意识
染上生命的情调

如何让世界愉悦
如蓝天阅读《飞鸟集》
如何使心灵平静
走进泰戈尔的诗境！

泰戈尔1924年曾访问中国，徐志摩等诗人明显受到他的影响。我去拜访泰戈尔的故乡，尽享诗意人生。

为世界揭露深渊的人
——石黑一雄

顶着一个日本的名字
漂在西方　蜗居在
伦敦的牧羊丛
怀抱着文学理想
不得不为生活忙碌着
自嘲“不知家在何处”

石黑一雄的野心
写给不同国家的人
更是写给不同的时代
一举登顶获得皇冠
诺奖路上陪跑多年的
村上春树作何感想？

从你的小说中
读出了契诃夫的细致
海明威的简洁和力度
普鲁斯特回忆的绵密
卡夫卡的荒诞和奇特
你爆发的情感力量
揭露了潜藏的深渊

日裔英国籍作家石黑一雄，凭借小说《无可慰藉》，获得了2017年诺贝尔文学奖。颁奖词：“小说以巨大的情感力量，揭露了我们与世界虚幻联系下潜藏的深渊。”

拷问灵魂！
——陀思妥耶夫斯基拷问自己

你来自平民
为穷人鼓与呼
不怕流放西伯利亚
不惧癫痫症发作
即使只能活一分钟
也要拷问人的灵魂

越读你，越觉得痛苦
卡拉马佐夫兄弟
穿行于神性与魔性两极
徘徊在天堂与地狱之间
男男女女脱去了
表面的光洁
拷问出藏着的罪恶
人们往往在乎
次角还是主角
却忽略了更重要的
独一无二的角色

你内心深处充满温柔
直到今天　依然静静的
在反复拷问着自己

托尔斯泰代表了俄罗斯文学的广度，陀思妥耶夫斯基代表了俄罗斯文学的深度。托氏的《战争与和平》和陀氏的《卡拉马佐夫兄弟》是俄国小说史上最伟大的两部巨著。

卡夫卡伸出的橄榄枝

一个套中人
伸出橄榄枝
目光炯炯的现代派
《变形记》般的风格
月亮裸露的夜里
伏尔塔瓦河静静流淌

在查理大桥上
踩着布拉格的节奏
一种深刻的节制和忍耐
不夸张的人性尺度
杏和橄榄树已熟
岁月善意的呈现

不经意回到
卡夫卡的童年
却被岁月封闭
你从窗口探出身子
看隔壁黄墙绿顶
古朴壮美的教堂
老城处处有你
精灵般的目光
审视熙来攘往的人群
思绪触及破碎的人世

瓦尔登湖

踏着瑟瑟作响的满地落叶
一个人来到这片森林
面对人生最本质的问题
乱发蓬松的梭罗
斜背小包　衣衫褴褛
迈着大步向我走来

和你邂逅在宁静的深处
抛开痛苦与迷失
在大自然寻找天真的伴侣
风暴来临　躲在小屋门后
仍在欣赏风神的音乐

你盯着自己左手
五指中悟出了什么？
我盯住自己右手
从流淌的诗里看见自己
愉悦和独特的体验
我和你都是孤独者
让思想陪伴自己
开始愉快的远航

位于美国马萨诸塞州康克德城郊森林深处的瓦尔登湖畔，亨利·戴维·梭罗在一座小屋里生活了两年两月零两天，写出了传世之作《瓦尔登湖》。

让地球转动的小城，托伦

太阳照耀的天空下
穿梭在托伦小城
探寻伟人的轨迹
处处可见哥白尼的身影
不同肤色在古城汇聚
不同语言在此交流
这里让地球转动起来

一边读一边欣赏
哥特式三层红砖
厨房木制家具
还摆放着碟子和碗
在你眼里就是一个个
听你使唤的星球
你在不停地计算着
地球运行的轨迹
你用智慧逃过火刑的厄运

在老城市政厅前
又和托伦之子相遇
见你左手举着天体运行仪
右手指向浩瀚宇宙
眼神深邃又坚毅
地球仍按你的旨意
年复一年地转动
你痛心疾首大声疾呼
地球已满目疮痍！

从波兰首都华沙驱车三小时，即可达托伦，宽阔的维斯瓦河滋养着这颗欧洲明珠。1473年2月19日，哥白尼就出生在这里。1543年，他于逝世前出版了《天体运行论》。1997年，古城被列入世界文化遗产名录。

莎翁坐在小镇最高处

小镇最高处坐着莎翁
炯炯有神眺望着远方
奥林匹克山上
万人仰慕宙斯

清澈的艾芬河
白天鹅和黑天鹅
罗密欧与朱丽叶
在河面上倾诉衷肠
走过坎坷的石子路
遇到复仇的王子
真是惊心动魄

棕褐色两层木楼
红绿白被罩
分娩伟大的儿子
楼板吱吱作响
说着许多故事
一千个读者
一千个哈姆雷特

斯特拉福德镇是英国沃里克郡的骄傲，这里是人类文学奥林匹克山上的宙斯——诗人、剧作家威廉·莎士比亚的故乡，从伦敦驱车两小时便可抵达。

莫奈故居

火车穿越时空
农舍牧场田园风光
莫奈在此下车
塞纳河的浪漫
埃普特小河的宁静
孕育印象派绘画大师

莫奈家乡等了我一百多年
诗人与画家一对孪生兄弟
爬满藤萝的二层小楼
底层画室挂满了作品
我在画架边用调色板
临摹花园池塘里
你种下的睡莲

上楼倚窗眺望
水仙　美人蕉　杜鹃
郁金香　芍药　绣球花
鲜花与河谷美不胜收
画中有诗和花园一样
真实与虚幻的世界

巴黎市郊有一个叫吉维尼的小镇，百年前的印象派绘画大师莫奈曾在这里生活过40年。这里有他的故居莫奈花园。莫奈很多作品的灵感都源于此地。

带有密码的蘑菇

——和杨·瓦格纳一起解密

在诗坛上，我遇到了你
种植带有密码的蘑菇
奶奶做成了蘑菇馅饼
又带走去了远方

青年杨·瓦格纳
一个德国诗人
不远万里来到上海
让读者体验空中试验井
看格里克的麻雀
品十八个馅饼
意想不到的新鲜和趣味

你带来的和谐韵律
让音乐和意义最大化
你做的奶酪洋葱饼
把烹饪和爱情
搅合在一起
俏皮中尝到了哲理

海内外著名诗人相聚首届上海国际诗歌节。杨·瓦格纳是德国当代最有影响力的青年诗人之一，他与友人编辑出版了国际诗歌刊物《物质之外》。

海顿故居

你出身罗劳村普通人家
两层灰色楼房
小楼内部狭小空间
却有一颗开阔的心在跳动
手稿依旧有你的余温
钢琴 62 首奏鸣曲
仍在余音缭绕

门前两棵树
不断回响《创世纪》
和《四季》的旋律
就连拿破仑的士兵
面对音乐的神圣
都要毕恭毕敬

挥手告别时
见你和贝多芬一起散步
我不远万里追随着
采撷各色花卉的节奏
和缤纷的四季调性

海顿故居位于维也纳海顿街19号。3月31日是维也纳古典乐派的奠基人弗朗茨·约瑟夫·海顿诞辰纪念日。

诗心在莱顿墙上绽放

不停地上桥下桥
不断地走过一条条小河
走向知识的彼岸
没有围墙的大学自然地
镶嵌在莱顿小城
迎面的墙上“我的诗”
撞入我的眼帘

我的诗如醇厚的美酒
在大学　书店　　图书馆
等待着雅俗共赏的读者
莎士比亚的诗也跟着上了墙
沿着运河左转右转
穿过宽宽窄窄的街巷
拐角处松尾芭蕉
洛尔迦也在诗歌嘉年华
再次遇见阿多尼斯
不是在孤独的花园
感叹失去是一道光芒

墙上舞动的各国文字
如花园开放的各色花朵
象形的汉字装饰了
莱顿新区巨大的墙面
可惜和杜甫错过了年代

荷兰莱顿小城将诗歌写在墙上，继第一首俄国女诗人茨维塔耶娃后，杜甫等诗人的107首诗也上了小城的墙面。

走进你的内心
——里尔克

生于布拉格
青春开始流浪
于天地精神独往来
一颗多愁善感的心
曾经柔弱得像早熟的麦子
你手握着两支笔
一支写诗　一支写信

曾经的军校学生
平静严肃天资很高
笔下字字从心里流出
又流回到读者心里
给青年诗人的信
一种满足　一种兴奋
感受生活的博大幸福

纵然阴云暗淡风雨交加
也应有忍耐去担当
保持单纯的心去信仰
塑造独立的人格
在书中享受日深
诗之道　人生之道
感激日笃充满力量

里尔克与叶芝、艾略特被称为欧洲现代最伟大的三位诗人。里尔克上承浪漫派传统，下开现代派之先河。

亚得里亚海的明珠

——杜布罗夫尼克

从权力的游戏
虚拟的君临城走出
转身便走进中世纪古城
罗马式　哥特式　巴洛克式
一座城市博物馆
头顶着大片的红色
不由得想起了南斯拉夫

漫步普拉察大街
穿越回到了 14 世纪
教堂　宫殿　修道院
一根自由和独立的石柱
立在卢扎广场
支撑起天堂美景
萧伯纳流连忘返

古城背靠赛德山
眼前一望无际的深蓝
亚得里亚海清新的风
和拜伦一起徜徉
陶醉在夕阳下
在阵阵海浪声中
享受《权游》主题套餐

杜布罗夫尼克位于克罗地亚最南端，紧邻黑山和波黑两国，是丝绸之路重要的中转站。

康德头顶的星空

星光穿透黑暗世界
茫然与无限
贮满了激情的石头
瞬间爆发了伟力
敬仰康德头顶的星空
形而上的道德笼罩着
形而下的滚滚红尘

广袤大地上
无所不在的人家
忙忙碌碌的生活
烹调酸甜苦辣的日子
在仰视和俯瞰之间
登山顶　下谷底
所谓风水轮流转

风和我们贴得很近
却常常别扭较劲
在嘀嗒的指针上
寻觅时间的踪迹
蝶破茧而出振翅远飞
地上的墓志铭写着
天空属于我

圣女特蕾莎

一个科索沃人
是什么精神驱动
来到了印度
被敬仰为加尔各答圣女

你奔走在贫民窟
穷人中的穷人
追寻你的足迹
用心去找寻小巷
一人多高的墙上
巴掌大小的白底蓝字
故居和你一样简朴
却是朝圣者仰望的地方

天上一个诗人泰戈尔
地下一个修女特蕾莎
用伟大的爱做些小事吧
你面带慈祥　正在
轻柔抚摸孩子的头顶:
你们要彼此相爱
正如我爱你们一样

特蕾莎修女，于1979年获诺贝尔和平奖。故居在加尔各答市中心JC Bose路的一条小巷子里。

你我一同旅行

——答阿多尼斯

在意义的丛林
你我相遇不是意外
我们都有一个诗歌向导
都在呼吸诗的空气
聚散自如不会结束

我们都在飞翔
太阳　月亮　云朵
是我们共同的朋友
又不约而同在游弋
浪涛　狂风　暴雨
一同考验我们
你我都把耳朵交给螺号
倾听世界的声音

你我都遨游在古诗的海洋
在词和词之间任意驰骋
竭尽全力抵抗着
文化和语言的堕落
用诗歌女神的睫毛
狩猎诗意天空的飞鸟

阿多尼斯，叙利亚诗人，首届“金玉兰”诗歌奖得主，“诺奖”热门人选，当代最伟大的诗人之一。

星际远航……
——追忆霍金

你倾听上帝的旨意
坐上轮椅　追着光速
在爱因斯坦生日当天
两人相约从黑洞出发
探索宇宙的起源和归宿
飞船上你们和牛顿打桥牌
我们都是远行在宇宙中
基本粒子的组合

霍金看宇宙就在果壳中
你用上帝给的大脑
一遍遍进行着大设计
你用眼睛下面的肌肉
控制着这个世界
抒写着时间简史

你在另一个星球解答人类的问题
时空有没有开端？有没有边界？
你给年轻人发微博：
对未来的思考要一直延续下去
你在那边惦记着北京
因为你喜欢中国美食和女孩

读《时间简史》有感。霍金是一首诗，意味深长；霍金是一本书，经久耐读。

新世界在此诞生！
——有感于人类首张黑洞照片面世

借着月亮的窗口
打开无限的想象
浩瀚宇宙竟然
藏着无数个黑洞
不可测的无底深渊
任何挣脱都是徒劳
连光也不例外

霍金和爱因斯坦携手
正在星际旅行途中
他们早已把黑洞的轮廓
告诉了所有的地球人
全球六地包括上海和台北
用了长达两年时间
把黑洞照片冲洗出来
一张恒星走向生命尽头
又迎来新生的壮阔景象

衰老的太阳渐渐熄灭
奔向黑洞的归宿
燃烧熄灭永不停止
灭亡诞生永无尽头
黑洞一面张开血盆大口
一面轰轰烈烈地喷流
一颗颗新星在此诞生！

本卷部分诗作在《天津文学》《青春》《诗潮》等刊物发表。荣获北京大学主办的“第三届中外诗歌散文邀请赛”一等奖，并入选《中国当代文艺名家名作金榜集》。

相册

突破思维定势的方法及策略
创新思维及其方法

中华人民共和国成立七十周年
书画作品展

届海峡两岸都市交通学术研讨会

2020 12/30

新加坡老年书法大学 · 同济大学书法雅集

上海市创造学会会员代表大会

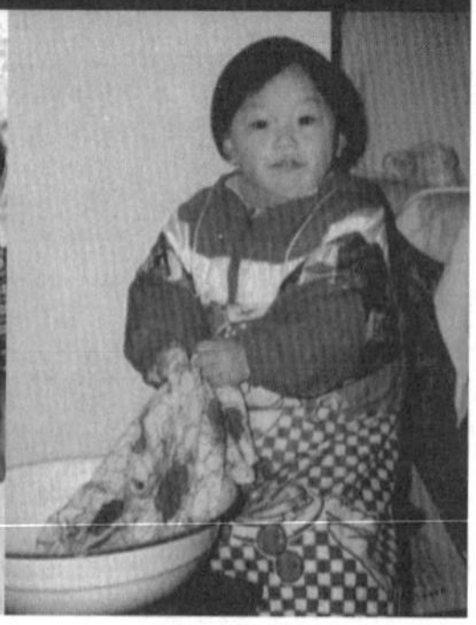

丝路行吟（组诗）

不变的是大汉雄风！

在五万里的路上
古道　西风　瘦马
瘦如西风却如朝阳
枯藤　老树　昏鸦
在三千年的历史中
枯若无骨却耀若星辰
一阵阵粗粝的风劲吹
沙葱矢车草也不会走失

阳关塌陷的关隘
将军生锈的长剑
卡住春风的咽喉
戈壁沙漠长出岁月的荒草
不变的是大汉雄风
不改的是向西的步伐
不屈的是倔强的胡杨
千年的诗闪着故人的眼眸

一代代人用不断叠加的脚印
踩出一条丝绸长路
一篇气势恢宏的长篇汉赋
大汉的繁花锦绣
华夏的威仪气度
中华的雄心壮志！

历史并没有走远

听历史的风吹来
看岁月的云飘去
深一脚浅一脚的前行
一步步淡定从容
前世今生一样风华
恒久与神秘的太阳
顷刻洗净浮躁的灵魂

蓝天坦坦荡荡
从不排斥白云
云更白　天更蓝
纯净的心灵贯通
佛与人的交流
传递着千年的沉思
诵经的声音化作
生存的阳光和空气

眼前的石头已经开化
历史并没有走远
活过千年的树
笑看百年的人
最虔诚的信徒
守在佛的身旁
诵经三千便又重生

万里春风不是虚构……

戈壁漫步的岁月
四季永不褪色
阅尽繁华落日
马嘶与天空对话
一颗沙粒落下
许多尘埃扬起
拒绝伪造历史

捡起大漠三块石子
一块涂成白脸曹操
一块雕成肥腫的杨贵妃
留下一块刻成
当代小丑的嘴脸
风唤来更大的风
荡涤污垢的大地

荒漠千里期许甘露
万里春风不是虚构
阳光和风改变着
茫茫沙漠的模样
党河两岸同时盛开着
繁华的城市和朴素的村庄
白天有云谈天说地
夜晚有鱼观星望月……

创作于敦煌党河桥上。

一个马踏飞燕的地方

大片大片的金黄
驼队绵延不绝
风吹着风　沙推着沙
时空交错的旷野
左眼漫漫黄沙
右眼一弯碧泉
苍天把月牙泉留在鸣沙山
另一半已注入我的心田

在苍茫与辽阔的大漠
风云变幻　沙海滚滚
风不停地说着
烽烟四起的历史
一截截的城墙
一段段卫青　霍去病的故事
两棵胡杨屹立不倒
时光扭曲的头颅终于伸直了

一个马踏飞燕的地方
一本苍茫的大经书
一座方方正正的土堆
何惧春风不度
羌笛悠悠　奋进之路
活在心中的大漠诗
照亮了千年

编入四川省精品课程，宜宾学院专业核心课程《写作能力教程》。

仰望飞天

因为心里有你
再一次带着自己
坚定地走向你
三峰耸立的三危山
古老又年轻　依然
矗立在漠风古道上
忽见金光　状有千佛
三危佛光护佑着洞窟

同在沙漠的莫高窟
和金字塔一样的灿烂
风裹着沙　沙拥着风
捧起必来的我
洗净污垢的肉体
性格袒露在外
往日的艰难岁月
化作一股云烟

仰望飞天比蒙娜丽莎
更有迷人的姿态
马可·波罗穿越历史风沙
醉倒在酒泉千年
我把王维灌醉
西出阳关照样有诗

创作于敦煌莫高窟。

愿天下所有好梦成真！

空旷寂静的大漠
竟没有一声鸟鸣
在千里荒漠　聆听
窈窕淑女反弹琵琶
音符源源不断
飘进我的诗行
红也不出　绿也不出
诗偏要出阳关

放牧禁锢已久的心灵
如牧放多情牛羊
佛在高高的莲台山
拂去众生灵魂的蒙尘
手牵着飞天飘带
和神的女儿一起
飞进敦煌千年的梦

长句短句无限流年
长歌短歌思念无限
因为心里有水的滋润
世界才有了绿色
洞窟外一排白杨
向着蓝天祈愿
愿天下所有好梦成真！

本组诗，有诗发表在《作品》《诗选刊》《海外文摘》等刊物上，并编入《丝路赞歌》世界艺术史册。

关于诗人

时东兵（笔名时子）

中国诗歌学会会员，中国散文网创作委员会副主席，上海市科普作家协会理事，上海市创造学会常务理事、文艺委员会主任，上海市公务员创新能力培训讲师团团长。曾就读于复旦大学，获荷兰皇家艺术学院名誉博士。做过记者、编辑，现任教于同济大学，为本科生、研究生教授“诗歌美学”“创新思维”等课程。创新思维研究中心研究员，主要研究方向为中国现当代文学、美学及创新思维。全国首批大学生创新创业导师。

发表诗歌、散文、小说等数百万字，作品翻译成英、法、德、日、阿拉伯等多国文字，并入选数十种诗歌选集。连续获得由北京大学、中国人民大学、中国现代文学馆、中国作协鲁迅文学院等主办的第二届、第三届“中外诗歌散文邀请赛”一等奖。获各类文学大赛奖项数十项。获国画、摄影等艺术创作类奖项多种。中国第三代诗人代表人物，荣获“中国十大校园诗人”称号。

出版《掌上乾坤》等九本诗集，主编《一江春水·诗歌读本》（同济大学通识教育教材）等三本教材。荣获瑞典皇家艺术学院“2017·世界最美艺术大师”“2019·影响世界艺术人物”称号，入选法兰西皇家美术学院编撰的《世界殿堂级艺术家专刊》，并被授予法国艺术及文学骑士勋章。

诗人博客：http://blog.sina.com.cn/u/1246222181。

主编教材及参编专著

《创新思维与方法训练》
（2018 年 12 月，同济大学出版社 · 上海）
《另一种天问》
（2016 年 12 月，上海财经大学出版社 · 上海）
《一江春水》
（2012 年 8 月，同济大学出版社 · 上海）
《世博交通启示录》
（2012 年 6 月，同济大学出版社 · 上海）
《世界大发明（上、中、下）》丛书
（1995 年 8 月，未来出版社 · 西安）

出版诗集及文集

《双子星》
（2013 年 5 月，大众文艺出版社 · 北京）
《三人行吟》
（2011 年 7 月，上海文艺出版社 · 上海）
《时子文选》
（2010 年 9 月，一行出版社 · 纽约）
《两月泉》
（2010 年 3 月，上海文艺出版社 · 上海）
《东方四重奏》
（2008 年 6 月，上海文艺出版社 · 上海）
《掌上乾坤》
（2004 年 12 月，上海三联书店出版社 · 上海）

参编及入选诗集

《同济十年诗选 2002—2012》
（2012 年 9 月，上海文艺出版社）
《2011 年中国打工诗歌精选》
（2012 年 8 月，长江文艺出版社 · 武汉）
《2009—2010 中国打工诗歌精选》
（2010 年 5 月，上海文艺出版社 · 上海）
《诗 · 城》
（2009 年 9 月，上海文艺出版社 · 上海）
《汶川大地震诗歌选》
（2009 年 4 月，四川美术出版社 · 成都）
《同济百年诗选》
（2008 年 3 月，同济大学出版社 · 上海）
《海上诗坛六十家》
（2006 年 5 月，上海文艺出版社 · 上海）
《闪烁的星群》

（2005 年 1 月，时代文艺出版社 · 长春）
《感动中学生的 100 首诗》
（2005 年 1 月，九州出版社 · 北京）
《新世纪精短文学作品选》
（2002 年 7 月，天马图书有限公司 · 香港）

发表中、短篇小说

《一地粉红》《围学》《挣不脱的网》《万花筒里看到了什么？》《爱是鱼还是熊掌？》《手机小说系列》等数十篇。

发表散文

《著名桥梁专家李国豪教子的故事》《明月今日圆，把酒话诗篇》《在文学的渡口扬帆远航》《外公和雪人》等数十篇。

发表诗评及文艺理论文章

《“诗魔”寻“诗仙”，同销万古愁——赏析“诗魔”洛夫先生的〈登峨眉寻李白不遇〉》《乡愁是一湾浅浅的海峡——赏析余光中的诗》《科学与艺术美》《让我们做诗的知己吧！》《中国当代诗歌的边缘化命运》《诗和美学的多样性》《“文赋”的意义及当下诗歌创作面临的问题》等数十篇。

发表科普作品

《“驻极体”与人类》《电脑的新思维“神经网络”》《如何制作高温超导体？》《神奇的等离子体》《天衣无缝话“无纺布”》等数十篇。

发表杂文

《教授，你在干什么？》《大学怎么了？》《大雪中的冷峻思考》等十数篇。

发表学术论文

《聚酯的高温电晕充电和电荷在体内的输运》(中德合作课题)、《大学生创造力的培养与开发》、《上海城市交通建设与可持续发展的思考》等十数篇。

开设本科生、研究生课程

自然辩证法、大学生思想品德、创造学、思维学、智慧学、成功学、创新思维、诗歌美学、TRIZ、创新方法与创业基础（上海高校一流本科课程）等 10 门课。

时东兵全国获奖作品

后记　双螺旋结构编织的人生

人生是需要总结的，在总结中纠正，在总结中前进。回顾走过的路，有两条主线清晰可见，一是以教学体现人生价值，二是用诗歌记录风雨历程。人生主线的形成，和生活的环境及成长的经历有密切关系。教学和创作都极有挑战性，很符合我的性格特点。儿时有许多事情已经忘却，也没什么遗憾的，忘却的是不重要的，记住的才值得珍惜。

一件事大概是在五六岁吧，肯定是还没有上学的年龄，随母亲逛大街，发现一家百货商店刚到几台东方红牌缝纫机(应该是西安产），就立刻排队购买，又发现钱没有带够（那时的缝纫机算是大件了），母亲问我敢不敢独自回家取钱，我毫不犹豫答应了（那时的治安状况非常好，可以说是路不拾遗，夜不闭户，外出买菜，通常不锁门），也说明我的性格很独立，不惧挑战。

另一件事，还是在咸阳刚上学，记得在期末临考试的前一周，得了感冒发高烧，教数学的季老师（名字已记不得）拿着考卷到家来让我考试，考完当场改卷，得了100分。事后，季老师表扬我，大城市来的小孩聪明，全班唯一的满分。那时正在搞教学革命，提倡学生上讲台，在老师鼓励下，我和老师一起备课准备讲课,谁知一个聪明又调皮的同学(已忘记姓名),忽然举手问:1减2等于多少?天哪,一年级的小孩哪有什么负数的概念,我在讲台上愣了半天,老师出来解了围。因为第一次上讲台没有任何经验,后面上课的效果就可想而知了。由此,我觉得老师懂得很多,长大了我也要当一名教师。

还有一件事,四年级回到上海念书,发现同班的同学已经学习了一年英语(其实,那时上海和内地的教学质量差距是很大的,不过那时的人们,还没有教学公平的意识),班主任问我:是跟上同班的进度,还是回到三年级的班里,我还是毫不犹豫选择接受挑战,努力跟上同班同学的脚步,一方面学新课,另一方面从ABCD字母开始学,功夫不负有心人,终于跟上了教学进度。还有一件事,在上海读小学时,我开始把做中学老师的小舅舅(那时很少有大学毕业生)的藏书翻出来看,看得多了,积累就多了,视野也就开阔了,头脑也慢慢开窍了。记得四年级时开始写作文,有一次学校组织学生参观市少年宫,并要求回来以“记一次市少年宫活动”为主题写一篇作文。记得当时的我很兴奋,在参观时记了很多素材,还联系自己的生活生发了许多感想,一气呵成写了数千字的文章(已记不清楚到底多少字,因为参观的项目很多,我又记录得很详细,估计写了三四千字吧),全年级的语文老师交口称赞,作为范文在各班级甚至在高年级班里朗读,教语文的姚老师夸我在文学上有天赋,要好好地培养发展。

自此以后,每次写作文,我不仅没有感觉头痛,反而是非常兴奋。平时会有意识地要求自己多看书,多做笔记,把好词好句记录下来,背诵了许多唐诗宋词,又像背外语单词一样,每天背歇后语,甚至把一本成语词典背下来(现在看来方法上有点笨,却很管用,在写作文时恰到好处地用上,起到了很好的点缀效果),为我今后的文学创作埋下了伏笔。写作文时,我也会写一些小诗嵌入其中,增添了文章的色彩,更能吸引人的眼球,不过那时诗歌受到文革的影响,都是“东风吹,战鼓擂”一样标签式、口号式的诗句。后来在复旦大学读书的时候,接触到了像顾城、北岛等诗人创作的真正意义上的诗,为我打开了创作现代诗的新天地。托尔斯泰为艺术总结了三条标准:

独特，清晰，真挚。

人生旅途存在许多不确定性，刘心武的小说《乔厂长上任记》，让当时的年轻人热血沸腾，后来阴错阳差学了管理专业，但并没有妨碍我的两大兴趣点的发挥。兴趣是最好的老师，好奇是最大的动力，坚持是收获的钥匙。还记得来同济大学报到的第一天，老校长李国豪教授在胜利楼（校机关楼）的二楼会议室，对新同济人提出了要求，很简短但中心思想很明确，希望我们努力工作，认真学习，只要坚持，必有收获。谆谆教诲至今萦绕耳旁，数十年来，我从不敢懈怠，在这所著名的高等学府，深挖自己的发展潜力，不辜负老校长的嘱托。从此，我走上了一边教学、一边创作的人生历程，乐此不疲，其乐无穷。

没有同济大学优越的条件和资源，就没有我培育出的成果；没有母校各种平台的锻炼和展示，就没有我不断前行的足迹。在物理科学与工程学院（当时的物理系）工作时，从最基本的事情做起，简单的实验仪器保养维修，实验课前的大量准备工作，就连接线板都是自己动手接线安装。还回到复旦大学学习了玻璃制造技术，开设了真空实验。在同济学生实习基地学习了车钳刨铣等金属加工技术，为开出新的实验课，自己动手制造仪器设备。后来领导有意安排我到各个岗位去学习提高，又充实到教研室去工作，刻蜡板写讲义、考卷，做好一件件看似小事的工作。教研室主任又安排我给学生上《自然辩证法》的课，率先把《创造学》的新学科及创造性思维的方法引进课堂教学。和其他教师一起在国内高校最早成立了同济大学创造学会，在国内大学首次组织举办了大学生头脑奥林匹克比赛，并参与了上海市创造学会的筹建以及第一届全国创造学研讨会的举办，开展了创新思维及创新方法的研究。一系列的创新教学方法的实施，取得了显著的成效，“提高和改善学生创造素质——大学创造性教育”，获得了上海市高等教育局创新教学成果奖，也形成了同济大学“双创教育”的雏形。后来，同济成立了创新创业学院，我作为骨干教师开设了“创新方法与创业基础”课程（上海高校一流本科课程），成为全国首批创新创业导师，并获得了创新创业优秀教师的荣誉。

年轻时，我还兼任了校团委工作，分管大学生艺术社团，自己动手写剧本、演话剧，排舞蹈、练合唱，还组建了民乐团、交响乐团，不仅在学校大礼堂、小礼堂演出，还多次参加上海市大学生文艺汇演和比赛，获得了很多奖项。为了参加演出和比赛，常常是排练到凌晨，赶不上末班的公交车，就跑着回家，现在想起还很自豪，忙碌并快乐着，在忙碌中增长了才干，也为我的创作提供了丰富的素材，原来青春是可以这样的精彩！从最基层开始锻炼，从实验室、教研室、研究室到系办公室、院办公室，再到学校机关，在学生、工会再到党政等不同类型工作中锻炼自己，在学校的每一层岗位上经受磨练，从实验技术、理论授课到党政管理（和吴广明副书记搭档，做共青团工作），体验不同性质工作的甘苦，是我人生的宝贵经历和财富。有过多次走仕途的机会，可我始终觉得，教学和创作更适合我的性格，更有利于发挥我的长处，我一直坚守着教学和创作——人生两大主线。

教学和创作都需要不间断地输入积累，才能源源不断地有效输出。我的校园一卡通借书量始终是满负荷（30 本），连续数年在同济大学图书馆的统计中，借书量名列全校前 10 位，获“读书明星”荣誉。读书让我大大地拓展了人生阅历，穿越古今和时空，上知天文下知地理，为我的教学工作，源源不断提供了能量，先后开设了“自然辩证法”“TRIZ”“专利及专利地图”等十多门课程，平均每三四年开一门新课。在读书中培养了意志力和坚持不懈的精神，自学了绘画、书法、摄影等艺术，在自学中修炼，在创作中提高，诗歌、散文、小说、中国画和摄影作品屡屡获奖。

我的人生座右铭：读万卷书，行万里路。在去四川探亲的路上，我静心规划了路线，来去分别走南线和北线。北线中途下车改签，游览了洛阳、开封、西安等古都，南线饱览了昆明、桂林、杭州等名胜，一路采风一路创作，同时也养成了每日创作的好习惯，一直坚持到今天，在各地报刊杂志发表艺术作品。

我坚信天道酬勤，在工作上更是如此。为了工作需要，不论做什么都兢兢业业付出。教学上传道授业解惑，严于律己以心换心；科研上一丝不苟，探寻科学的奥秘，和课题组的其他教师一起完成了由国家自然科学基金、德国 VW 基金会资助的项目，并发表了《聚酯的高温电晕充电和电荷在体内的输运》等学术论文。为了普及科学知识，撰写了《奇妙的驻极体》等一系列的科普作品，有的作品还被国家级的《新华文摘》转载，并参编了《世界大发明》丛书，成为上海市科普作家协会理事，圆了我儿时的梦。我从小喜欢科学，中学期间就订阅了《科学画报》，那些科学家、发明家的故事深深地吸引了我，当时就萌发了长大后也要写出科学的故事，激励一代又一代年青人的愿望。创作科普文艺时，我一次次想起了著名物理学家、复旦大学卢鹤绂教授对我的教诲，想起了恩师孙熙民教授对我精心的培养。

在交通运输与工程学院（原道路与交通工程系），担任了 92 级三个班的班主任，带领学生率先开展了上海市单向交通的流量调查工作，大力协助杨佩昆教授课题组，为上海市改善交通拥堵状况做出了贡献，并且推荐优秀学生进入各个课题组，为全系的科研增添了有生力量，也促进了学生学习的主动性与创造性，班级的学习风气大大地增强，带动了学习后进的同学。我几乎每天都要去学生课堂，每晚去学生宿舍督促他们自修，提醒每一个学生："一寸光阴一寸金""少壮不努力，老大徒伤悲"。有个别同学觉得班主任管得太严、太多，但经过一段时间磨合，他们还是养成了学习的好习惯，尤其是挂科的同学，渐渐地学习进步了，个别面临留级或退学的同学，也通过不断地努力，跟上了全年级的学习进度，同学们深深地感受到了"不经一番寒彻骨，怎得梅花扑鼻香"的人生况味。全年级近 100 名学生，没有一个留级。在全体同学共同努力下，荣获了上海市教委、上海市团委颁发的"先进集体"锦旗。班主任工作虽然辛苦，一分汗水一分收获，看到同学们在不断地进步，就是再辛苦也值得。在做好学生工作的同时，也记录下了学生生活、学习、各类文体活动及社会实践等诸多方面的素材，并在此基础上创作了《挣不脱的网》《围学》《一地粉红》等中短篇小说，发表在文学杂志上。在 92 级毕业 25 周年聚会上，同学们都有一个共同的感受：在班主任带领下，形成了好的班风和学风，在大学里打好了基础，才为现在的工作争取到一个好的局面，实现“不到长城非好汉”的人生目标。

我也即兴发言：数十年光阴弹指一挥间，有一些是想到的，有的同学在校学习时就是学霸，现在成为总工程师、总设计师及负责技术的行政领导；有的在校时就是学生干部，现在已是政府里的领导，单位的行政主管；有的在学习上表现不突出，但却有经商的天分，在校时就在社会上兼职锻炼，后来自己当了老板。但还是有一些没想到，没想到有的同学在校时，热衷于各种文体活动，是同学们的开心果，不知忧愁是何物，成绩不显山、不露水，毕业后依然在大学工作，还担任了负责教学的院长；有的同学大学生活不修边幅，哪里有热闹，哪里就有他，后来也成了好奶爸；有的同学在校时学习成绩并不很优秀，现在是欧美大学及研究所的知名教授和专家。诸如此类的没想到，正是我想看到的，同学们都有了很大的进步！我为你们感到骄傲和自豪！无论何时何地，我和你们的心都在一起，“及时当勉励，岁月不待人”，我们继续努力！有同学提议我把多年来的创作汇集后出一本诗集，张宏超教授等为此做了大量的具体工作，冯身洪书记给予了大力支持，92 级全体同学热情协助，使得本诗集得以出版，在此表示由衷的感谢！

做好班主任工作，还要深入到专业领域里去，我利用双休日、节假日去外环线做监理，有时深夜架桥梁，还要去现场测量。尤其是跟着凌建明教授去检测虹桥机场的飞机跑道，深夜最后一架飞机降落后，开始进场做技术检测，在凌晨最早一架飞机起飞前，完成检测工作撤出跑道现场，由此体验到了做技术工作的艰辛，更能了解同学们的一些想法，和他们有更多的共同语言。做一名人民教师，让我充分享受到了“桃李满天下”的荣誉感，学生们在专业技术领域成为栋梁之才，负责重大建设工程的设计与建造工作，有的长期随公司驻扎在非洲，帮助他们建设国家；有的走上了重要的领导岗位。有道是：长江后浪推前浪，一代更比一代强。有位市领导在干部会议上感叹：在同济大学学习期间，对“创新思维”课程印象深刻，对技术和管理工作帮助很大。每每听到这样的反馈，我很欣慰，所有的努力和付出都是值得的。

我开设的“诗歌美学”课植根于大学生活，扎根于现实土壤，在生活中发现和挖掘诗意。诗心是社会的良心，传播希望的种子，传递生命的正能量，彰显薪火相传的无穷魅力。教师像太阳，学生像天使。一只只小鸟，在老师辛勤培育下飞向远方，带着思想的火种和诗心的良知，心中蓄满足够的阳光。外在的气象，内在的品质，或波澜壮阔，或涓涓细流，学生们的青春容颜，至今萦绕在我的脑海，不断地涌现在我的诗行，漫步在我的散文，穿行在我的小说情节中。

教学过程中的人和事，一一成为我的审美意象，提升了诗意、诗境和诗效。发现世界的角度要新，驾驭文字的功夫要深。洞悉事理，从更广的意义上，拓展生命的境界。诗歌意象，对应中国画来说，就是笔墨。没有笔墨的追求与修炼，就没有中国画的灵魂。同样，没有意象的营造和铺陈，就没有诗歌的生动与传神。诗集《灵魂另一种舞蹈》，把看不见摸不着的灵魂，在事、物、境、情中艺术地再现，高尚的精神在“诗”里，起着定海神针的作用。凝聚着灵魂的诗行，追求立意精辟，力求辞章跌宕，声律和谐恰到好处，完成发现、创造、传递美的艺术创新过程。黑格尔认为：诗更加注重“对事物的内心关照和观感”，“要表现的不是事物的实在面貌，而是事物的实际情况对主体心情的影响”。在精神领域的高度，发现和创造另一个自己。

我的诗歌创作史，是精神的记事簿和备忘录。诗是心灵的艺术，是心与自然万物沟通后，结晶的艺术品，用娴熟的创作技巧，把校园内外的物理空间景象，转化为时间的动态情感。物象是世界的入口，开启心灵的门，心象与物象呼应便羽化成了艺术上的意象，成为另一个世界的出口。意象派诗人庞德说过：诗人创造独特而生动的意象，就可称为大师。物化的世界通过“再写”（对自然的主观化想象），被赋予新的诠释，诗意油然而生。正如苏联诗人曼德尔施塔姆不朽名句：“黄金在天上舞蹈／命令我歌唱。”

著名诗人洛夫（曾获诺贝尔文学奖提名）应邀数次来上海，我有幸与东方魔块诗群的诗人一起参与了接待，洛夫兴致勃勃地说：“老夫聊发少年狂，我被称为诗魔，你们是东方魔块，我们可谓是群魔乱舞啊！”《解放日报》为此还发了我们一起唱和“缅怀屈原”的诗歌专版。洛夫告诫我们：“每首诗都是一次新的出发。”他写诗的座右铭“以小我暗示大我，以有限暗示无限”，正如《漂木》最后一章《向废墟致敬》中的最后三行：“我很满意我井里滴水不剩的现状／即使沦为废墟／也不会颠覆我那温顺的梦。”洛夫还连续十年访问了我的故乡扬州，我们一边徜徉瘦西湖，一边抒发情怀，留下了《西湖瘦了》等经典诗篇。海德格尔说，诗是一种创造，诗是一种高贵的生活方式，人类理想的生活境界。由此，洛夫认为作诗的人必须是高贵的人、神圣的人，诗人写美必须把美的各种形态、变化、运动，尤其是无穷的动态表现出来，诗歌就是一个奇迹和梦想，我和洛夫都写下了《因为风的缘故》同名爱情诗，“人要诗意地栖居在这片大地上”。荷尔德林的诗：“善良和纯真与人心同在／人就不无欣喜／以神性来量度自己。”洛夫驾鹤西去，从此天堂有了诗意！

尼采说：“艺术比真理更有价值”，“生命是通过艺术而自救”，一切伟大的思想家所创建的地平线都远在天际。好的诗歌高度表现了一个诗人的责任和使命。诗是用想象来进行的创造。一首现代诗的韵律，外在的平仄押韵，内在的意象疏密，蕴藏内涵的浓淡，思想的波澜起伏，节奏的抑扬顿挫。诗之气脉，正与画之气韵相通。诗歌创作在于不断有新发现，艾略特对诗歌语言的张力问题作了直观又明睿的表达：“语言、词汇不断有细微的更迭，这种变化永久性存在于新颖的、意想不到的组合中。”因此，诗歌是一项永远在路上的事业。追求诗歌的陌生化，寻找新的可能是诗人义不容辞的责任和使命。

歌德在《浮士德》中抒发：“我们怎样使一切生动新颖／又有意义，又能使人快乐？”以教书育人体现人生价值，以诗歌创作记录人生历程，这就是我的双螺旋结构编织的人生。

时子

2020 年 3 月 22 日于同济北苑翰墨缘书屋